KB000322

섹시한 슬라임이 되고 싶어

연정

뾰족한 것들은 전부
슬라임으로 덮어 놓았어요.

뭉툭한 마음을 가졌어도
여기선 긴장 풀어도 돼요.

목차

편집자 안내

이 책은 '섹시한 슬라임'을 꿈꾸며 살아온 이야기를 기록한 에세이입니다.
10대부터 30대까지의 시간을 첫 세 챕터에 순서대로 담았으며, 마지막
챕터에는 작가로서의 기쁨과 슬픔을 간략히 다뤘습니다. 순서대로 읽어도
좋고 제목이 끌리는 글부터 읽어도 좋습니다.

운동장 돌 듯 사는 사람

집 떠나 도착한 첫 자취방

한없이 가볍고 점도 낮은 인내심

폴더명 : 묵묵히 쓰자

작가의 말

운동장 돌 듯
사는 사람

봄핑계

어디로 가야 하는지 모르는 사람은 운동장 돌 듯 산다.
집을 시작점으로 같은 길을 반복해서 맴돈다. 새로운
곳을 탐험하려 한다면 낯선 곳을 향하겠지만, 오직
집을 벗어나기 위한 외출이었기에 목적지가 없었다.
유년 시절 내 운동화 밑창은 한쪽만 빨리 닳았다. 조금
기울어진 채로 자주 서성였다. 나의 걸음은 모험이
아니라 방황이었다.

　　매년 봄을 살아갈 핑계로 삼는다. 핑계의 시작은
열다섯 때였다. 인생이 쓴지 달콤한지, 지금 맛보는
중인지도 모르던 나이. 작은 일에도 마음을 과하게 쓰는

성격에다가, 집 구성원들 사이에 감정은 곧 유난으로 여겼기에 집도 쉴 곳이 아니었다. 방에 혼자 있으면 생각이 생각을 불렀다. 초대받은 생각은 또 다른 생각을 부르는 탓에, 속에서 생각 잔치가 열렸다. 대화하는 사람은 없지만 참을 수 없이 시끄러워서 뛰쳐나갔다. 독립하지 못한 청소년은 마땅히 갈 곳이 없다. 선택받지 못한 회전초밥처럼 집 주변 동그란 산책길을 걷고 또 걸었다.

한 바퀴 돌 때마다 감정은 조금씩 증발해도, 겨우 넘치지 않는 정도일 뿐. 마음은 늘 축축했다. 의류 수거함에 버려진 곰돌이 인형처럼 바싹 마른 날 없이 무기력했다. 걸으며 음악을 듣는 일이 유일한 취미였다. 슬픔에 음이 있다면 이렇겠지, 싶은 피아노곡이나 벼랑 끝에서 부르는 마지막 노래 같은 가사를 좋아했다. 어른이 되면 모든 일에 건조하고 무덤덤해지는 건지 궁금했다. 거실에서 고함이 들려도 이어폰을 끼고 소설책을 읽는 날이 올 수 있는 건지도.

교과서에 있는 설명으로는 사춘기에 왜 사는 걸까, 나는 누구인가, 하는 고민에 빠진다던데. 그런 깊이 있고 철학적인 고민은 하지 않았다. 그저 나에게서 벗어나고 싶었다. 당시에는 왜 이런 생각이 드는지 명확하게 알지 못했다. 음료수 라벨에 쓰인

혼합액이라는 두루뭉술한 설명처럼 우울과 불안, 외로움, 공허함이 섞여 있었다. 유쾌하지 않은 감정들이 어디서 오는지 알 수 없었기에, 근원지를 떠나야 평온해질 수 있다고 믿었다. 근원지는 나였다. 내가 나여서 불행한 사람은 어떤 행복도 온전히 맛볼 수 없다.

높은 건물 하나 없는 촌 동네에 살았다. 스마트폰도 없던 시절이라, 걸으며 보던 풍경은 나무, 하천, 낮은 집뿐이었다. 시선을 자극할 만한 게 없어서 자연을 관찰하게 됐다. 계절 내내 밖을 나도니, 나무에 어떤 변화가 일어나는지 산은 어떤 색으로 변하는지 자연스레 알게 됐다. 그러다 맞이한 첫 번째 봄, 가장 먼저 피는 벚꽃을 발견했다. 빌라 주차장 한가운데 있는 작은 벚나무였다.

날씨가 추워서 아직 겨울인 줄 알았는데 화사하게 핀 벚꽃을 보고 깜짝 놀랐다. 이 벚나무가 정말 이 동네에서 가장 먼저 피는 건지 알고 싶어졌다. 그러려면 다시 봄이 올 때까지 살아야 했다. 내년이 올해가 되고 3월에 달려간 그곳엔, 벚꽃이 피어있었다. 가장 먼저 피는 꽃나무라는 걸 확인했으니, 또 1년 후엔 친구들을 데려와서 알려주고 싶었다. 뜨거워진 눈을 비비며 매년 보러오겠다고 약속했다. 신발 밑창은 계속 닳았다. 밑창

말고는 모든 게 무사했다. 그렇게 그 시절을 건넜다.

어떤 약속은 살아갈 핑계가 되어준다. 사람끼리 한 약속은 쉽게 변하고 깨지지만, 계절이 하는 약속은 나만 죽지 않으면 지켜진다. 살다가 고개를 들면 어느새 피어있는 벚꽃이 말한다. 이것 봐, 다시 봐도 아름답지, 살아있길 잘했지, 하며 살랑인다.

24시 편의점, 물류창고

엄마는 몸살 기운이 느껴지면 오렌지 주스 한 통을 마셨다. 어렸던 나는 답답했다. 왜 병원에 안 가는 걸까. 머리가 조금 자란 후에야 깨달았다. 엄마는 24시 편의점에서 야간 근무를 했기 때문에 병원이나 약국에 못 가는 거였다. 낮에는 자느라 아픈 걸 모르다가, 밤에 출근해서 열이 나고 오한이 들기 시작하면 그땐 별다른 방도가 없다. 지금처럼 편의점에서도 상비약을 팔던 시절은 아니었기에 비타민이 풍부해 보이는 오렌지 주스가 엄마의 유일한 처방이었다.

　새벽 4시가 지나고 거리가 고요해지면 엄마는

의자를 최대한 뒤로 눕히고 카운터 안에서 선잠을 잤다. 편의점 내부는 정오와 자정 구별이 안 될 만큼 밝아서 깊게 자기는 어렵다. 빨간 담요를 덮고 몽롱한 상태로 체력을 충전할 뿐이다. 짬이 날 때마다 쉬어야 이 일을 이어갈 수 있었다.

나는 새벽에 불쑥 편의점으로 갔다. 엄마의 퇴근을 기다리며 물류 창고에 들어가 컵라면 박스를 깔고 잤다. 24시간 냉장 판매대가 켜져 있어서 바닥은 한여름에도 서늘하다. 엄마는 불편하게 자는 나를 못마땅해했지만, 어쩔 수 없었다. 우리 집은 소위 '화목한 가정'은 아니었기에 엄마가 없는 집에서 술에 취한 고함이 들릴까 봐 긴장해야 했다. 작은 소리에도 깜짝 놀라며 잠에서 깨느니, 찬 바닥에 냅다 누워버리는 게 편했다.

물류창고는 펑펑 울기에 최적화된 장소였다. 문이 두껍고 냉장고 소리가 크게 울리고 과자와 컵라면 박스로 둘러싸여 있어서 소리가 밖으로 새어 나가지 않았다. 그래서 진상 손님이 다녀가면 물류창고에 들어가 큰소리로 저주를 퍼붓곤 했다. 고등학교에 적응하지 못할 때, 집에서 큰소리가 날 때, 우는 걸 아무에게도 들키고 싶지 않을 때, 어느 곳도 내 자리가 아니라고 느껴질 때, 창고 구석에서 맘껏 울었다.

엄마는 내게 왜 우는지 묻지 않고 라면 먹을 거냐고만 물었다. 서늘한 곳에서 한껏 울고 나면 급격하게 추워지는데, 그때 먹는 라면이 기가 막혔다. 엄마는 왜 추운 데서 울고 난리를 치냐고 타박하면서도 가스버너를 켜서 라면을 끓여주었다. 엄마가 끓인 라면은 뭔가 달랐다. 버너로 끓이는 라면은 오징어 짬뽕이 최고라고 말하며 면을 젓가락으로 휘젓지 않고 그대로 끓인다. 먹기 직전 불을 끄고 면을 풀어줬는데, 면이 아주 탱탱했다. 정신없이 흡입하면 발톱을 세우던 슬픔도 배를 까뒤집으며 온순해졌다.

물류창고에 의지하며 살았다. 도망칠 수 있는 곳이 24시간 열려있던 셈이다. 그러니 나는 눈물을 삼킬 이유가 없었는데, 엄마는 어디로 도망가고 싶었을까? 엄마의 인생만 떼어내서 생각한다면 가족을 포기하는 게 최선의 선택이었을 거다. 서로를 버리고 흩어지는 최악의 상황을 막기 위해서, 엄마는 밤 10시에 집을 나섰다. 나는 엄마 없는 집과 밤이 무서워서 편의점에 갔다. 불행이 사방에 널려있어서 발 딛기가 꺼려졌지만, 우리는 그나마 덜 추운 곳을 찾아 박스를 깔았다. 쉴 수 있는 곳을 만들고 당장 먹을 수 있는 걸 최대한 맛있게 먹었다.

편의점을 양도하고 수년이 흐른 지금. 집 주변

편의점에 물류 박스가 잔뜩 쌓여있는 걸 보면 오래전
창고에서 느껴지던 냉기가 스친다. 우리를 둘러싼
상황을 나열하고 그중 가장 나쁜 것을 고르라고 하면,
엄마와 나의 답은 달랐을까? 불행은 불행의 미끼가
된다. 웃지 못할 이유가 늘어갔지만 우리는 그것을 막을
수 없었고 그저 농담거리로 삼았다. 식당 반찬으로
나온 콩가루를 보고 "우리 집이네?" 하며 웃었다.
그게 웃으면서 할 얘기냐고 황당해할 수 있다는 걸
알지만. 유머는 슬픔에 대적할만한 강력한 무기이며,
슬픔이라는 재료를 어떻게 요리해서 내놓는지는
요리사의 마음이다. 불행은 쉬는 날에 예약도 없이
막무가내로 문을 두드렸고 우리는 진상 손님을 대하듯
적당히 타협하며 버텼다. 기어코 서로와 스스로를
버리지 않았다.

인간은 태어나서 수많은 불행과 마주한다. 크고
작은 불행 속에서도 당장 해야 할 일을 하고 끼니를 챙겨
먹고 양치를 한다. 대단한 목표를 달성하거나 세상의
발전에 기여하는 일만 빛나는 게 아니다. 깜깜한 밤에
일터로 향하는 힘이, 허리를 세우고 어금니를 깨무는
힘이, 뻐근한 어깨를 돌리며 고무장갑을 끼는 힘이,
도시를 24시간 밝힌다. 가장 어두울 때 가장 빛나는
야경이 된다.

추신,

24시간 동안 누군가의 노동을 입고 먹고 누린다. 나 또한 타인에게 내 몫의 노동을 제공한다. 우리의 노동은 털실이 되어 엮인다. 저녁쯤에는 이불만큼 넓어진다. 첫 코를 뜨는 사람을 본 적은 없지만, 분명히 존재한다.

그 사실에 안도하는 내가 있다. 노동으로 엮인 이부자리에 누워 꿈속에서 헤맬 때, 분주히 일하며 매듭을 짓는 사람들이 있다. 어떤 날은 내가 매듭을 짓는 날도 있겠지. 우리는 돌아가며 서로의 새벽과 밤 풍경을 쓸고 닦는다.

내 일상에 엮인 노동자들의 마지막 출퇴근길을 배웅하고 싶다. 한마디라도 따스한 인사를 할 수 있으면 좋겠는데. 뭐라고 인사를 하면 좋을까? 인사말을 미리 골라보자면, "고생하셨습니다"는 별로다. 그걸 모르는 사람은 없으니까. 대신 이렇게 말하고 싶다.

당신 덕분에 세상이 굴러갔습니다. 저 역시 그 속에서 잘 지낼 수 있었습니다. 덕분입니다. 고맙습니다.

노동하는 모두가 알아줬으면 하는 사실이 있다. 자신이 세상에서 가장 자주 기적을 만드는 사람이라는 걸. 그들을 향해 소리치는 마음으로 이 글을 쓴다.

침 튀기는 삶의 현장

4학년 3반에서 단소 시험에 통과하지 못한 건 나뿐이었다. 곡을 연주하기는커녕 소리조차 내지 못해, 6교시 종이 쳐도 집에 가지 못했다. 중임무황태- 태황무임중까지 해내야 하는데 '중' 은커녕 침만 튀기고 있자, 선생님은 소리만 내도 집에 보내주겠다고 하셨다. 퇴근이 늦어지는데도 재촉하지 않으셔서 호흡에 집중할 수 있었다.

종소리마저 멈춘 교실 구석, 거울을 노려보며 날숨을 최대한 가늘게 내뱉었다. 드디어 '중' 소리가 났을 때. 너무 놀라 눈이 시릴 만큼 크게 떠졌고 3초

후에 선생님을 바라봤다. 싱긋 웃어주셨다. 감사 인사도 없이 가방을 한 손에 들고 교실 밖으로 달려갔다.

아무도 없는 황금빛 운동장을 반쯤 날면서 가로질렀다. 전교 꼴찌의 늦은 하굣길이었지만, 1등 상장을 품에 안고 집으로 가는 어린이의 표정이었다. 뿌듯함이라는 단어를 몸으로 표현해야 한다면, 가슴을 내밀고 들판을 널뛰는 메뚜기처럼 튀어 오를 것이다. 그날처럼.

노력이 농축된 결과는 유통기한이 길다. 나이 앞자리가 두 번 바뀐 지금까지도 단소를 불 수 있다. 주눅 들던 음악 시간이 기대감으로 바뀌던 날, 마음이 반짝인다는 문장을 이해했다.

인스타그램 #오늘하늘 해시태그 속에 오렌지빛 노을이 넘실거린다. 햇살이 진하게 우러나는 계절이구나. 흐린 눈으로 발걸음을 재촉하느라, 내가 본 하늘은 한 뼘 정도의 화면이 전부다. 계절이 옷을 걸치니 해가 짧아졌다. 퇴근길에 이미 저녁이 와있으면, 억울한 기분에 기운이 쭉 빠진다. 사는 게 숨이 차다며 한탄하지만 삶을 1.5배속으로 재생한 건 나였다. 성취와 보상이 없는 하루는 10초씩 빠르게 넘겨버리고 싶었다.

퇴근 시간이 늦어져도 재촉하지 않던 선생님을

떠올린다. 직장인이 저녁 시간을 할애한다는 것은 보통
의미가 아닐 텐데. 선생님이 가르치려던 건 메뚜기의
가슴에 있을 거다. 변화의 첫 번째 단계는 스스로를
관찰하는 일이라는 것. 서툰 모습을 인내해야 한다는
것. 금빛 운동장에 밤이 번져 가도, 나를 끝까지
기다려주는 사람이 내가 되어야 한다는 것.

햇살 품은 기도

매일 밤 9시에 알람이 울리는 집. 부모님은 저녁에 일을 나갔다가 아침에 들어왔다. 현관문 너머 세상 돌아가는 소리가 분주하게 들릴 때, 이 집은 한밤중처럼 고요해야 했다. 나는 발바닥의 축축함을 없애서 발소리를 잠재웠다. 소음이 발생하면 신경질적인 뒤척임이 들리기 때문이다. 불면이 잦아들 때까지 숨을 참는다. 살아본 집 중 가장 넓고 우아했지만 생계를 책임지는 이들의 고단함이 가득했다.

각자 공간을 가지지 않으면 평화를 찾을 수 없어서 엄마는 내 방에서 잤다. 나는 거실에 덩그러니 있다. 정오가 되면 햇살이 거실 중앙까지 깊게 들어온다. 몸을 동그랗게 말고 햇살에 우중충한 마음을 말린다. 햇살을 따라 몸을 옮긴다. 정수리와 발가락에 땀이 삐질삐질 흘러도 햇살 품에 머무른다. 따스한 고독, 반가운 침묵. 밥상머리에서 숟가락 던지는 소리도, 혼잣말을 가장한 거친 욕도 없다. 찔러 죽일 수도 있을 만큼 날카로운 말도 들리지 않는다. 데워진 마룻바닥에 등을 비비다가, 팔을 휘휘 저으며 빛을 만진다. 손이 붉은 야광 별 스티커처럼 환해진다. 베란다 펜스 사이로 들어오는 빛은 하얀 돌고래 떼 같다. 빛 속에 내리는 먼지를 눈송이로 여기며, 밤이 오지 않으면 좋겠다고 생각한다. 입 밖으로 내뱉지는 않는다. 어차피 올 테니까.

마룻바닥이 물먹은 나무색이 되면 알람 소리가 울린다. 알싸한 불안이 몰려온다. 엄마가 일어나는 기척이 들리면 서둘러 방으로 간다. 침대로 돌진 후 빛이 들지 않는 구석에 얼굴을 파묻는다. 묵음으로 기도한다. 모두가 출근 준비를 마치고 집에서 나갈 때까지, 대화가 시작되지 않기를. 취한 발걸음 소리가 복도에서 들리지 않기를. 비밀번호 누르는 소리에 술기운이 섞여있지 않기를. 눈을 감았다 뜨면 돌고래 떼가 눈부시게 헤엄쳐 오고 있기를.

햇살 안에 숨은 아이의 기도는 밤새 이어진다.

우아한 고단함

오래 고단해본 사람은 새로 고단한 사람을 알아본다.
고단함이 농축된 손이 이제 막 익어가는 손을 보듬으며
말한다. "너 참 고단했겠다. 고생했어." 새로 고단한
사람이 손에 스며드는 오랜 세월을 눈치챈다. 오래
응축되어 단단한 고단함에 비해 자신의 고단함은
앳되고 물렁하게 느껴진다. 세상의 고단함 전부
짊어진 듯 인상을 쓰고 있었단 사실이 민망해서 얼굴이
붉어진다. 불행을 줄기차게 피우다가 급히 밟아 끈다.
굳은살인지, 살이 전부 굳은 건지 알 수 없는 손을
느낀다.

　　오래 고단해본 사람은 분주하다. 1인분의 삶을 챙기면서 2인분의 격려를 빼먹지 않는다. 새로 고단한 사람의 손을 주무르면서, 눈으로는 어깨를 쓰다듬고 있다.

　　소외된 마음은 없는지, 빠짐없이 살피느라 분주한 몸짓이다. 고단한 이들이 서로의 삶을 포옹하는 일. 대가를 바라지 않는 거대한 포용을 목격할 때, 그들의 우아한 얼굴을 보며 얼굴을 붉히는 내가 있다.

두드려 보지 마세요,
당도 보장합니다

배우자 잘 고르는 법을 정리해 놓은 인스타그램
게시물을 본 적 있다. 처음엔 '배우자'라는 신품종
열대과일이라도 나온 줄 알았다. 사람은 싱싱한 꼭지나
짙은 무늬를 가지고 있지 않은데, 어떻게 '잘' 고른다는
건지... 궁금해서 유심히 읽었다.

사회적 약자를 친절히 대하는 사람, 건전한
취미를 가진 사람, 공감 능력이 뛰어나고 말을 예쁘게
하는 사람 등이 기준이었다. 이 정도면 나도 꽤 괜찮은
배우자가 되겠는데? 생각하며 계속 읽다 멈칫한다.
'가족 관계가 어떤지 볼 것.' 화목한 가정에서 사랑받고

자란 사람은 티가 난다고 한다. 분하다. 마지막에 탈락하다니. 첫 장부터 가족 이야기를 꺼냈다면 읽지 않았을 텐데.

'가정에서 사랑받고 자란 티가 난다'는 건 무슨 뜻일까? 그 사랑을 받은 배우자는 고당도 스티커라도 붙는 건가? 백화점 진열대에서 고급스러운 포장지를 두른, 상처 하나 없는 윤택한 과일처럼. 그렇다면 화목하지 않은 가정에서 자란 사람은 어떤 티가 나는 걸까. 가족의 사랑이 세상에 존재하는 사랑 중 가장 크고 귀한 사랑인가? 분명 힘이 센 사랑인 건 알지만. 살면서 선택한 인연들에게 받은 사랑과 비교할 수 없는, 필수적 사랑이라고는 생각하지 않는다.

부모님이 매일 싸우는 게 보기 싫어서, 이혼을 적극 찬성했다던 H에게 물었다. "부모님 이혼이 너한테 어떤 영향을 준 것 같아?" H는 5초 정도 고민하다 말했다. "모르겠어. 뭐, 영향이 있긴 있겠지?" 하고 입을 다물기에 나도 끄덕이고 말았다. 정적을 내버려 두고 있는데 H가 내 쪽으로 몸을 돌리며 말했다. "티 나?" 어떤 의도인지 이미 짐작했지만 그래도 물었다. "무슨 티?" 그러자 H는 "불행한 가정에서 자란 자식 같냐구" 하며 웃었다.

태어나고 싶어서 태어난 사람은 없다. 누구도

부모를 선택하지 못한다. 부모 역시 자식이 어떤 기질을
타고날지 알 수 없다. 연습 게임도 없는 현실에서,
눈떠보니 가족이라며 묶인 그룹 속에 나는 존재하고
있다. 불행은 아무 이유 없이 가정을 덮친다. 서로를
이해하지 못한 채 불행을 겪고 부서진다. 상처의 역사는
가족이라는 박물관에서 전시된다. 실제 박물관과 다른
점은, 이 역사가 현재진행형이라는 점이다.

　　가정환경이 내게 불행한 경험을 안긴 건 명백한
사실이다. 현재 내 모습과 성격에 영향을 끼쳤을
거다. 시간이 흘러도 불행이 남긴 흔적이 사라지지
않는다면, 그저 고유한 무늬가 되길 바랐다. 불행이
삶에 김칫국물처럼 번지게 두지 않았다. 불행 속에서
잠시나마 평온하기 위해, 더 나은 풍경 속에 나를
데려다 놓기 위해 배와 허벅지에 힘을 주어 걸었다.
행복해지려는 의지가 강해질수록 보폭이 커졌고
주변으로 바람이 크게 일었다. 불행에 머리채 잡히지
않기 위해, 매일 걸었다. 행복을 향하는 근육이 발달하는
건 당연한 결과다.

　　잘살아 보려고 얼마나 애썼는데! 누군가의 삶을
들여다보지도 않고 추측하고 단언해선 안 된다. 누구도
그럴 자격이 없다. 화목한 가정에서 자란 사람을 원하는
게 나쁘다는 말이 아니다. 가정이 불행한 사람은 좋은

배우자가 될 수 없다는 말을, 마치 레시피 꿀팁 알려주듯 소리 내어 말하면 안 된다는 거다. 그 말을 듣고 다리에 힘이 풀리는 사람들이 있다.

상처가 많은 수박을 좋아한다. 수박 꼭지 주변에 갈색 상처가 많을수록 당도가 높기 때문이다. 벌이 수박꽃을 많이 회수할수록 상처가 난다. 매끈하고 깨끗한 수박이 훌륭할 거라 생각하지만, 갈색 상처는 수박이 더 알차고 달콤하게 자라려고 애쓴 흔적이다.

불행 속에서 단단해지려 애쓴 사람들이 상처받지 않았으면 좋겠다. 행복해지려고 더 많이 힘을 내야 했을 그들이 지치지 않길 바란다. 나는 그들이 살면서 겪은 태풍과 시린 바람과 장마에 대한 이야기를 귀 기울여 듣고 싶다. 그들의 삶에 남겨진 불행의 흔적이 내겐 아름다운 무늬로 보인다. 아주 달콤하고 붉은 옹골찬 열매가 되어 익어가는 그들을, 나를 어여쁘게 여기며 계절을 보낸다.

팔리지 않는 핫도그 게임

지우개를 씹어 먹은 적 있습니다. 초등학교 1학년인가,
2학년 때쯤. 교실에서는 이겨도 상품 없는 게임이
매일 생겨났어요. 제일 반응이 뜨거운 건 '못 먹는 걸
잘 먹는 게임'이었습니다. 승부욕 넘치는 친구들은
교과서 귀퉁이를 찢어 먹거나 휴지, 껌 종이 등을 씹어
삼켰습니다. 이 게임에 룰은 단 하나. 무조건 씹고
삼키는 과정을 보여줘야 합니다. 좀 더 본새 나는
승리를 거두려면, 최대한 아무렇지 않은 척 대범하게
씹고 망설임 없이 삼켜야 합니다. 참여하는 게임마다
자주 1등을 하던 친구는 죽은 개미를 삼켜서 기강을

잡았어요.

　　저는 게임에 목숨 거는 타입은 아닌데, 어쩐지 이 게임만큼은 이길 수 있을 것 같았어요. 네... 끓어오르는 강렬한 열망을 무시할 수 없었고요. 얼마 쓰지도 않은 지우개를 통째로 입에 넣었습니다. 친구들의 눈을 똑바로 쳐다보며 잘근잘근 씹고 삼켰어요. 친구들은 충격받은 표정으로 몇 초간 말을 멈췄고 저는 "봐. 삼켰지?" 하고는 무심한 척 교과서를 꺼냈습니다. 사실 심장은 이미 터질 듯 했고, 목에서부터 정수리까지는 불이 붙은 듯 뜨거웠어요. 태어나서 처음 거둔 승리의 열감을 잊지 못합니다. 그날만큼은 교실이라는 세계에서 주인공이 된 거예요.

　　그날의 승리가 숨어있던 본능이라도 깨운 건지. 만화를 너무 좋아하던 제게 꿈이 생깁니다. '만화 주인공 같은 사람이 되는 것.' 주인공은 제일 사랑 받고 언제나 승리하니까요. 역할 놀이를 할 때도, 만화 캐릭터 스티커를 사서 친구들과 나눌 때도 무조건 주인공을 선택했어요. 사실 주인공 옆에 있는 애가 더 예쁘고 옷 입은 것도 맘에 들고 똑똑한 것 같은데. 만화는 주인공 중심으로 흘러가니까. 취향이라는 개념도 모르는 나이여서, 보편적 인기를 선택의 기준으로 삼은 거예요.

　　솔직히 말하면 주인공이 마음에 쏙 들진

않았어요. 그 시절 주인공들은 대부분 단독 행동을
해서 동료들을 위험에 빠트리고. 주변 도움 덕에
살아나는 일이 잦으면서도, 그 공을 가로채며 엔딩까지
차지했어요. 주인공 옆에서 하지 마라, 그건 위험하다,
피하자, 라고 반대 의견을 내는 캐릭터는 용기도 재미도
매력도 없는 겁쟁이 취급을 당했지요. 사실 그중 제일
현명한 인물이었을지도 모르는데 말이에요. 그런데도
제일 인기 많고 위기에서 마지막까지 살아남는 건
주인공이니까, 주인공처럼 행동해야 한다는 강박이
생겼습니다.

　　모든 선택의 갈림길에서 주인공이 할법한
결정을 내렸어요. 주인공은 당연히 달리기가 빨라야
하니까(왜인지는 모름) 죽을 힘을 다해 뛰다가 육상 선수도
해봤고요, 취향도 설계했어요. 유행하던 심리·성격
테스트를 할 때 진짜 속마음이 아닌, 주인공 성격에
맞춰 선택지를 골랐어요. 색을 고르는 테스트는 언제나
빨간색. 열정적이고 밝고 원하는 걸 이루는 사람이라는
결과가 나오는 걸 알고 있었거든요. 보라색이나
파란색, 검은색 같은 걸 좋아하면 사이코나 우울한
사람이라고 했어요. 사실 속으로는 파란색이나 짙은
초록색을 골랐는데 말이에요. 그러고는 친구들 몰래
결과를 확인하고, 내용이 맘에 들지 않으면 '다음 과목이

수학이라 잠깐 기분이 안 좋았나 봐. 난 우울이 뭔지도 모르는 어린이라구!' 하며 애써 부정하기 바빴지요. 훗날 자신이 정신과 상담 얘기를 책으로 낼 줄은 상상도 못 하고요.

　　가질 수 없는 삶이라는 걸 알고 있었던 거예요. 겁이 많고 낯선 곳도 좋아하지 않는 저는 주인공과 어울리지 않아요. 노력해봤자 주인공이랑 같이 다니는 애, 주인공 뒤에 숨는 애 정도라는 걸 예감했던 거죠. 친구들 사이에서 주인공이 되려면, 소독차를 따라다니는 일도, 내리막길에서 자전거 브레이크를 밟지 않는 일도 즐겨야 했는데. 내리막길 문턱에서 절망했습니다. '도대체 왜 빨리 가야 하는 거야? 브레이크 고장 나면 죽는 거 아니야?' 의문과 공포를 안고 눈을 감은 채 페달을 밟았어요. 바람이 얼굴을 수제비 반죽처럼 밀어내는 느낌이 너무 싫었지만, 소외되는 것 보다 죽는 게 낫다고 생각한 시절이에요. 주인공이 맞이하는 해피엔딩에 얻어 타더라도, 꼭 해피하고 싶었어요.

　　매일 새로운 게임이 생겼어요. 나이를 먹을 때마다 난도가 올라가고요. 밤에 폐건물 들어가기, 학교 규칙 어기고 담 넘어서 꼬치 사 먹기. 스무 살이 넘어서도 게임은 계속됐어요. 수많은 선택과 크고 작은 경쟁이 이어졌어요. 아마도 삶은 도라에몽이나 디지몬 어드벤처가 아니라 정글(만큼 무서운 한국)에서 살아남기 같은 생존형 서바이벌이었던 거죠. 악당에게 잡아먹히기 직전, 모두를 놀라게 한 진화나 변신은 못 했어요. 키가 조금 크고 살이 찐 게 다예요. 부모님께서 물려주신 초능력이나 신묘한 목걸이는 없어요. 굳이 능력이라는 걸 꼽자면, 걸어가면서도 시장마다 야채 시세를 모두 스캔하고 외우는 능력, 식재료 낭비 안 하는 능력 정도네요.

아직도 만화주제가를 전부 기억하는데 서른이라니요. 자신의 속도에 맞추어 살자, 라는 보편적 위로를 믿는 척 살다가도. 자꾸 높은 곳을 바라보게 됩니다. 쉼 없이 달리다가 몇 번이나 아팠으면서. 사람들이 몰려드는 곳에 비집고 들어가야 한다는 조급함을 들킵니다.

내리막길 완주 후 친구들 몰래 자전거를 끌고 가며, 평평한 길을 오래 걸었던 날을 떠올립니다. 해 질 무렵이라 온 공원이 노랗고 환했습니다. 키가 작은 노랑 주황 붉은 꽃. 나무에 빨강 초록 열매. 오리가 가만히 떠 있는 강변을 보며 아주 천천히 걸었던 기억. 긴장을 풀고 강물 위로 시선을 걸쳐둔 채 집으로 갔어요. 편안했습니다.

다치는 거 싫으니까. 절대 서두르지 말자고 다짐합니다. 이젠 넘어지면 무릎이 까지는 걸로 안 끝나잖아요. 병원비도 내야하고 아픈 무릎 끌고 일터로 나가야 하니까요. 어른이 된다는 건 그럴듯한 핑계가 아주 많아진다는 건가 봐요. 어릴 땐 게임에 참여하지 않을 핑계가 없었어요.

어른이 된 지금, 유일하게 즐기는 게임이 있습니다. 심지어 제가 만들었어요. '팔리지 않는 핫도그 게임'입니다. 이불을 둘둘 말아서 그 속에 소시지가 되어 누워있는 게임이에요. 폭신한 핫도그가 되어, 팔리지 않고 전기장판 위에 종일 데워지는 게 규칙입니다. 따뜻하고 고소한 기름 냄새를 풍기며 가만히 있는 거예요. 아이러니하게도 이 우스꽝스러운 게임 속에서 저는 진짜 주인공이 됐습니다.

지우개를 씹어먹던 때와 달라진 게 있다면, 저를 포함한 모든 사람이 주인공이라는 사실을 알게 됐다는 거예요. 이 순간에도 모두가 초능력 없이, 무기도 없이 저마다의 삶과 싸우고 있겠지요. 작은 기적과 소박한 역전을 이루면서요.

살기 위한 산책

걷는다. 빠르게 걷는다. 엉망인 오늘을 최대한 빨리 어제로 만들기 위해서다. 목 끝까지 차오른 감정을 하반신으로 내려보내듯이 호흡한다. 우울함을 발바닥으로 모은다. 쿵쿵 거리며 감정을 땅에 흘린다. 마주하기 힘든 기억이 재생되면 머리를 세차게 흔들고 더 큰 보폭으로 걷는다. 멈추면 잡아먹힐 듯 더, 더 차고 나간다. 그렇게 쉬지 않고 시간을 당긴다. 고통스러운 기억이 힘을 잃고 까마득한 과거가 될 때까지, 바퀴벌레 죽이듯 여러 번 내려치는 과정이다.

　호흡이 가빠지고 알싸한 울렁거림이 어금니에서

넘치려 할 때. 눈이 질끈 감기고 탄성이 튀어나온다. 뇌에서는 멈추라고 지시를 내리지만 관성으로 인해 팔다리는 받아들이지 못한다. 심장을 포함한 오장 육부가 날뛴다. 시간은 성실하게 제 할 일을 해낸다. 발바닥도 쉬지 않고 앞으로 나아간다. 날벌레도 끊임없이 몸통을 부딪힌다.

　　나를 둘러싼 우주는 최선을 다하고 있다. 스스로 해야 할 일은 단 한 가지.

　　괜찮아질 거라는 사실을, 온전히 믿는 것.

　　영원히 믿는 것.

좋은 감옥

좋은 사람은 어떤 사람인가? 한 인간의 생각을 좋다, 나쁘다로 분류했을 때 45%는 나쁜 생각이고 55%는 좋은 생각이라면, 그 사람은 좋은 사람일까? 나는 대체로 좋은 사람이라는 평가를 받는다. 칭찬인 것 같아서 기분은 좋지만, 마음 편히 웃기가 어렵다. 45%를 차지하는 모습이 어떤지 나는 아니까.

싫어하는 사람이 나에게 좋은 사람이라고 말했을 때 지는 기분이 들었다. 좋은 사람이라면 상대방의 기분을 우선으로 생각하는 거잖아. 그는 나에게 그러지 않아서 싫어하게 되었는데, 나는 그를 싫어하면서도

배려했던 거다. 상대방 기분보다 내 기분을 우선순위에
둔다면, 정말 마음 가는 대로 행동한다면... 나는 어떤
평가를 받을까? 내가 아는 내가 진실일까, 남이 보는
내가 진짜일까.

　　무례한 질문을 받아도 싸움이 일어나는 게 싫어서
애매하게 웃고 만다. 겁이 많아서 법을 어기는 일은
못 한다. 뒤에서 욕먹을까 봐 말과 행동을 정돈한다.
가끔은 녹은 아이스크림이 묻은 찐득한 쓰레기를
길거리에 버리고 싶은 충동이 든다. 급할 땐 차 없는
도로에서 무단횡단을 한 적도 있다. 좋은 사람인 척하는
사람은 '진짜' 좋은 사람이 될 순 없는 걸까?

　　나쁜 생각을 많이 한다. 실행하지 않을 뿐이다.
무례한 사람 입에다가 예고 없이 티라미수를 한 주먹
밀어 넣고 싶다. 횡단보도에서 담배 피우는 사람들한테
마시던 커피를 붓고 싶다. 뭐 하는 짓이냐고 물으면?
맑은 눈의 광인 표정으로, 당신처럼 나도 기호 식품
즐기고 있는데 뭐가 문제냐며 되묻고 싶다. 지하철에서
나를 밀친 사람을 더 세게 밀치고 싶다. 가끔은 상상을
현실로 만들며 나쁜 년이라고 시원하게 욕먹고 싶다.
이렇게 나쁜 생각이 과해지면 스트레스로 인해 마음이
약해진 걸 알아챈다. 마음의 체력이 소진되었다는
신호다. 피곤하다는 핑계로 친절함부터 버리게 된

거니까.

비가 아스팔트 굴곡에 고여 구정물이 된 걸 본다. 사람들은 가까이 가지 않으려고 노력한다. 시간이 지나 흙이 가라앉아도 여전히 구정물이라 불린다. 이와 달리 깊은 산속 옹달샘은 언제나 맑아서 찾는 이가 많다. 토끼가 새벽 루틴에 맞춰 눈 비비며 마시러 오고, 산악회에서 약수통을 들고 찾아온다. 옹달샘은 누가 오든 당당할 것이다. 나도 언제나 맑으면, 준비 없이 누구를 만나도 긴장하지 않을 텐데. 나는 24시간 내내 순도 100% 선함을 내어줄 수 없으니 구정물 같다고 해야 할까. 일부러 혼자만의 시간을 가지며 불순물을 가라앉힌다. 사람을 만날 땐 맑은 부분만을 내보인다. 체력이 남아있지 않을 때 사람을 만나면, 가라앉아 있던 감정이 혹하고 섞여 실수하기도 한다.

좋은 사람. 좋은 하루. 좋은 아침. 좋은 집. [좋은]이라는 단어에 갇혀 산다. 좋은 사람이라는 말은 분명 칭찬인데. 나는 왜 저주에 걸린 개구리처럼 그 말에 갇힌 것 같을까. 나를 포함한 주변이 전부 좋았으면 하는 욕심을 내버려 둘 수가 없다. 욕심이 과해져 피곤해질 때 질문은 다시 원점으로 돌아간다. 좋은 건 대체 뭘까. "좋은 아침입니다." 좋은 게 어떤 건지 알지 못한 채로, 좋지도 않은 걸 좋다고 말하며

산다. 사실대로 말하자면 "기분은 별로지만 좋은
아침이었으면 합니다" 하고 인사해야 하는 것 아닐까.

"넌 참 좋은 사람이야."

좋은 마음으로 하는 말인 거 알지만, 45%의
성질이 엿듣고 비웃는 것 같아서 "네가 그렇게 느껴서
다행이야" 하고 만다. 사람들이 찾아오지 않는 시간에,
불순물을 정화하려 애쓰는 사람일 뿐이라서.

어느 날 내가 구정물이어도, 어느 날은
흙탕물이어도. 스스로가 정말 볼품없는 날,
음식물쓰레기에서 새어 나온 국물 같아도. 깊은 우울
속에 고여 있어도. 그런 날에도 찾아오는 사람이 있으면
좋겠다. 찾아와 준 사람들한테만큼은 맑은 마음과
친절함을 내어주고 싶다. 이 마음만큼은 순도 100%의
진심.

그러니 가끔 지쳐서 탁한 표정을 짓고 있다고
해도, 뒷걸음질 치지 말아요. 조금만 기다려 주세요.

짓지도 않은 이름이지만,
불러준 사람들 곁에서

과거가 묻어있는 물건을 처분했다. 복원할 수 없는 필름 사진도 예외 없다. 오래전 인연은 새로 시작할 일 없게끔, 최대한 멀리 두었다. 사라지지 않더라도 희미해지길 바랐다.

　삶에서 가장 오래된 것은 이름이다. 태어나기 전부터 타인의 선택을 부여받는 일이니, 마음에 드는 방식은 아니다. 지어준 사람과 과정을 떠올리면 제일 먼저 처분해야 했다. 지어준 사람에 대한 미움은 힘을 잃었지만, 치열한 싸움이 끝났을 뿐. 성씨에 물렁한 흉터가 남았다.

가족관계증명서를 뗄 때마다 나란히 묶여있는
이름을 보게 된다. 몇 년 동안 입 밖으로 꺼내본 적
없는 이름이 낯설다. 함께 살았던 집 주소를 바라보면
식은땀이 나기도 한다. 손이 잘 닿지 않는 신체 부위에,
우리는 같은 팀이라는 낙인이 찍혀있는 것 같다.

묵은 창피함과 실패의 역사를 품은 이름을
개명하지 않는 이유에 대해 고민했다. 앞서 말한 이유를
제외해도, 별로 예쁘지 않아서 애정이 크지 않았다.
만화방에서 읽은 인터넷 소설 속 주인공 같은 이름을
갖고 싶었지만, 내 이름은 주로 트로트에 등장하곤
했으니까.

오래 생각해 봐도 이유는 명확하다. 지은
사람보다 불러준 사람의 목소리가 더 많이 묻어있기
때문이다. 지은 사람이 이름을 부르는 소리에는
신경질이 묻어있었다. 술 냄새가 덧대지면 몸이
굳어지고 귓불은 종이에 베인 것처럼 찌릿했다. 유년
시절에는 이름 뒤에 이어질 말이 겁났는데, 이제는
누군가 이름을 부르면 반가운 감정부터 든다. 이름과
함께 도착하는 다정한 안부가 두텁게 쌓였기 때문이다.

내 본명에는 동그라미가 3개 있다. 타고난
성격마저 경계가 느슨한 탓에, 관계자가 아닌 인연도
내 삶에 쉽게 드나들었다. 동그란 받침에 앉아 서로의

이름을 부르며 연도 맺고 정도 들며 쉬어간다. 태어나기
전부터 묶인 관계가 아닌, 서로를 알아보고 선택한
인연들. 사랑이 뭉쳐진 이름으로 살아가니, 살다가 몇
번쯤 넘어져도 부러지지 않았다. 굴릴수록 거대해지는
눈사람처럼, 넘어져도 웃으며 굴러가는 나였다.

너는 어디쯤이야?

12시 땡! 하고 성인이 됐을 때, 미션이 주어진 게 분명해. 해내야 하는 일이 있다는 듯 요구받는 기분이 지속되고 있어. 사회 구성원의 값어치를 개인 재산 기준으로 매긴다면, 나는 자격 미달일 거야. 자가도 자차도 없고, 재산이라고는 사과가 그려진 오래된 기계들과 원룸 보증금 정도의 현금뿐이니까. 두툼한 몸매를 유지하기 위해 돈이 많이 들었는데, 배달 음식 누적 횟수는 가산점이 없어. 높은 등급에 있어 본 건 건강 검진표에서나 가능했어. 별건 아니고, 동년배 평균보다 혈압이 높대.

적절한 속도로 살고 있는 걸까? 금요일부터 침대에 늘어져 있다가, 일요일 저녁에 덜컥 겁이 나. 내 삶이 보편적인 속도보다 느려서 사방에 아무것도 없는 걸까 봐. 12시 땡! 하면 오천만 인구가 공정하게 월요일을 시작하는데. 모두 러닝화를 신고 준비 자세로 신호를 기다리는 동안, 나는 크록스를 신고 출발선에도 도착하지 못한 것 같아. 오후 2시 넘어서 아침을 먹는데 경기가 끝난 운동장에서 혼자 도시락 까먹는 기분이었어. 먹고 사는 일이 스포츠 경기라면 내 포지션은 벤치에 있는 후보 선수의 후보 선수의 후보 선수 정도일 텐데, 러닝화를 꼭 신어야 할까? 나 말고 뛸 사람은 넘칠 텐데. 꼴찌 할 게 뻔한 경기를 즐기는 방법을 모르겠어.

나는 어디쯤 있는 걸까? 같은 나이대 사람들과 비슷한 보폭을 가졌을까? 출근할 때 건너는 횡단보도 초록 불은 왜 매번 5초나 9초 정도만 남은 건지. 혼자만 분주한 레이스가 가끔 창피해. 새로운 관계를 맺는 일이 점점 무겁게 느껴져. 잘 보여야 하는 사람이 생기면, 3명이 시소에 탄 기분이야. 맞은편에 두 명이 앉아있어서 언제 떨어질지 몰라, 가랑이가 바짝 긴장한 상태인 거지.

너는 어디쯤 있어? 시소 말고 그네를 타면 좋겠다.

혼자 탈 수 있고 둘이 탈 수 있고 서로 밀어줄 수도,
멈춰줄 수도 있어. 감당할 수 있는 만큼만 높아졌다가
떨어지는 순간도 준비할 수 있지. 언제 추락할지 모르는
기분을 느끼며, 높은 곳에 있고 싶지 않아. 나란히 있고
싶어. 경기에 뛸 수 없지만, 힘껏 달리는 너를 목이
터져라 응원하고 싶어. 끝까지 완주 해낸 너를 사진에
담고 싶어. 끝나면 같이 도시락 먹고 인생샷 건졌다며
기뻐할 거야. 중앙선 너머의 덤프트럭 눈치를 보며 뛰고
싶지 않아. 다음 신호를 기다리며 물러가는 귤색 노을을
배웅하고 싶어. 인생이 5분 늦는다고 기회가 사라지는
시험은 아니잖아. 느릿하고 도태되고 새삥은 하나도
없는 놀이터가 사라지지 않았으면 좋겠어. 잡초, 아니
이름 모를 풀꽃이 무성해도 괜찮아. 모든 존재가 최선의
위치에서 뿌리내려 살아갈 뿐이잖아. 세상의 발전에
기여하지 못하는 사람을 뽑아내야한다면, 난 잡초라고
분류될 수 있는 거니까. 뭘 모르는 어리숙한 생각이라고
해도 그냥,

　　계산하고 싶지 않은 마음이 늘 있어.

집 떠나 도착한
첫 자취방

지도에 없는 섬에서 살아남기

미지근한 바람은 목덜미를 횡, 스치고 파도는 발자국 옆에 쓰인 이름을 삼킨다. 땅만 보며 걷던 거북목을 미어캣처럼 세우는 수평선. 처음 마주한 바다를 한 뼘이라도 지니고 싶었던 11살 아이. 조개 섞인 모래를 주머니에 넣어왔지만, 거실 조명 아래에서는 놀이터 모래와 구분할 수 없었다. 귓가엔 파도 소리 대신, 온 바닥이 모래밭이라는 잔소리만 퍼석히 부서졌다.

집 떠나 열차 타고 도착한 첫 자취방. 산으로 성벽을 쌓은 고향을 떠나, 바다와 가까이 살게 됐다며 지겹게 자랑했건만. 밤마다 베개에는 지도가 그려졌다. 외로움이 사람을 울릴 수도 있다는 걸 처음 알았다. 어디를 가도 내 자리가 아닌 것 같던 날. 집 주변을 서성이다 바다로 향한다. 이방인처럼 보이지 않도록 무심한 표정으로 도착한다. 사람들의 고민과 소망을 수없이 삼켰을 검푸른 파도. 스스로의 존재감이 참을 수 없이 가볍게 느껴질 때마다, 발자국을 찍어내렸다.

　　　운동화에 비릿한 냄새를 달고 자취방으로 돌아오면 샤워기에서 파도 소리가 났다. 무거운 다리를 뻗고 누우면 집이 최고라는 소리가 나왔다. 적당한 피곤함은 낯선 방을 돌아오고 싶은 곳으로 만들어준다. 베개에 그려진 지도는 작은 섬이 되었다. 바다 품속에 고요하게 존재하는 섬. 고단한 새가 되어 쉬어가는 밤이었다.

조그만 정원에 아침이 오면

미니스커트를 입지 않으면 시내로 나갈 수 없는 사람이 있다. 본인이 세운 앙큼하고 핫한 철칙을 지키며 사는 그녀와 나는 스무 살에 만났다.

갓 대학에 입학한 스무 살에게 외모란, 도저히 무관심할 수 없는 전공필수과목과 같았다. 새내기들은 하루아침에 얻어진 성인이라는 자격과 자유에 들떠 옷과 화장품을 쓸어 모았다. 3월의 대학가에는 구김 하나 없는 새 셔츠를 입고 춥지 않은 척하는 새내기들로 가득했다. 촌에서 도시로, 이민하다시피 대학에 진학한 나는 심각하게 들떠있었다. 투톤으로 염색한 단발머리,

카모 패턴 스냅백, 민트색 바람막이와 보라색 백팩,
공룡과 인형이 줄줄 달린 키링, 줄무늬 발목 양말을
신고 다녔다. 이런 나와 달리 그녀는 딱 붙는 티셔츠와
짧은 치마를 자주 입었다. 우리는 나란히 걷고 있어도
일행처럼 보이지 않아서 서로를 이방인처럼 여겼다.

　　그녀는 다람쥐 같은 깜찍한 이목구비를 가졌고
얼굴이 도토리만큼 작다. 몸이 가진 곡선마저 청화백자
같아서 그녀가 걸어가면 사람들은 한겨울에 퍼지는
군밤 냄새를 쫓듯 돌아보았다. 그녀에게 관심을 가지고
다가오는 사람들이 많았으니 외로움은 모를 거라
단언했지만, 그녀는 늘 외롭고 그 덕에 샘이 많아졌다고
했다. 자신과 친한 사람이 다른 사람과 친하게 지내는
걸 보는 걸 힘들어하기도 했다. 내가 보기엔 충분히
사랑받는 것 같은데도 그녀는 늘 허무한 듯 사랑을
찾으러 다녔다. 평생 배신하지 않을 영원한 사랑과
우정을 찾아 헤맸던 걸까? 헤매던 길에서 그녀는
뜨겁게 울고 웃고 만나고 이별하고 다투곤 했다.
나와도 그랬다. 그녀는 종종 말하지 않아도 마음을
알아차리라는 듯 입을 꾹 다물고 상대방을 바라보았다.
먹이 대신 양 볼에 다루기 까다로운 고독을 잔뜩 물고
있었던 걸까.

　　청춘이라는 20대 초반을 지나고, 우리가 만났던

학교도 졸업한 후에 그녀와 경주 여행을 갔다. 한 서점에서 그녀는 『조그맣게 살 거야(진민영, 2018)』라는 책을 골랐다. 카페 책상 위에 책과 선글라스를 올려놓고, 그 옆에 물기 어린 아이스커피를 둔 채 사진을 찍었다. 그녀의 프로필 사진이 오랜만에 바뀌었다. 그녀는 이제 딱 붙는 옷도, 미니스커트도 입지 않는다. 사랑을 찾아다니며 울고 웃던 뜨거운 시절이 아주 옛날 일처럼 느껴진다고 했다. 이제는 본인에게 집중하며 조그맣게 살고 싶다는 그녀를 나는 '조그만'이라 부르기 시작했다.

조그만은 내 주변 사람 중 가장 먼저 결혼했다. 20대 후반의 우리 일상은 아주 많이 달라졌다. 가정을 이룬 조그만이 평온해 보여서 마음이 놓였다. 그녀도 이젠 외롭거나 슬프지 않을 거라 넘겨짚었다. 각자 바쁘게 살다가 조그만의 신혼집에 놀러 갔던 날. 한참을 얘기하다 밤이 되어 같이 누웠는데, 조그만은 낮은 목소리로 읊조리듯 말했다.

"눈을 감으면 이대로 조용히 사라졌으면 좋겠어."

죽고 싶다, 도 아니고 조용히 사라졌으면 좋겠다니. 잠을 자듯 고요히 세상의 바깥으로 나가서 스르륵 소멸되는 걸 원하는 걸까. 향을 태우면 하얀 연기가 곡선을 그리다 홀연히 사라지는 것처럼.

높은 확률로 조그만은 사라지지 않는다.

사라지길 바라고 눈을 감았다 뜨면 삶이 코앞에 다가와 있을 것이다. 잠이 깨고 소변이 마려운 걸 느끼면 여전히 신체가 살아있고 세상에 존재한다는 걸 느낄 텐데. 생생한 아침의 공기를 마시면 너는 조용히 좌절할까? 그녀에게 좋은 아침, 이라는 평범한 인사를 건네는 건 잔인한 일이겠다고 생각했다.

조그만이 생각에 빠지기 시작하면, 뇌와 마음이 타자기를 두드리고 있는듯하다. 고민이 있다고 말하지 않아도 큰 눈에 7,000자가 넘는 편지가 담겨있는 걸 느낀다. 조그만이 이야기를 시작하면 쏟아지는 느낌이 들어서, 나는 호흡을 크게 들이마시며 가슴을 김장철에 사용하는 큰 대야만큼 넓힌다. 밤새 조그만의 이야기가 차곡차곡 절여질 테니까. 그날 밤, 우리는 서로의 이야기에 위로와 응원을 버무렸다. 절인 배추처럼 쌓인 고독이 썩지 않고 맛있게 익어가기를 바랐다.

그런 밤들이 무수히 쌓였다. 조그만은 자신과 똑 닮은 아이를 낳았다. 우리는 서로가 평소에 어떻게 입고 다니는지 가늠할 수 없게 됐다. 서로의 일상이 하나도 겹치지 않은 채로 몇 년을 보냈다. 오랜만에 만나기로 한 연말. 조그만은 새로 이사한 우리 집이 궁금하다며 찾아왔다. 화장기 없는 맑은 얼굴에 두툼한 패딩을 입고 손잡이가 달린 황토색 김치 통을 들고 왔다. 시어머니께

얼은 김치를 덜어왔다고, 집이 참 좋다고, 잘 구했다고
말하며 조그만 눈송이처럼 웃었다.

　　새로운 직장 이야기, 애인에 관한 이야기, 최근에
간 식당 이야기 등등. 마음을 대야만큼 넓히지 않아도
쉽게 나눌 수 있는 이야기가 오갔다. 꽤 오랜 시간
이야기를 나눴는데도 그녀의 눈과 볼에 담긴 글자가
하나도 줄지 않은 것이 느껴져서 냅다 물었다.

　　"요즘 마음은 어때?"

　　그러자 조그만은 멈칫하더니 "나? 그냥…" 하며
눈을 굴리다가 어렵게 몇 단어를 꺼냈다. 어쩐지 아주
깊숙한 곳에 있는 감정은 빼고 주변에 부스러기만
긁어서 내보이는 것 같았다.

　　조그만은 예전처럼 이야기를 쏟아내지 않는다.
여전히 뽀얀 두 볼에 절여진 감정이 가득할 텐데. 한참
듣다가 나는 다 안다는 듯 성숙한 척을 하며 말했다.

　　"새벽에 갑자기 전화해도 돼. 매너 없다고 생각 안
할게. 어차피 나 늦게 자. 우울한 이야기 해도 돼. 적당히
걸러서 들을 거고 잊어달라고 하면 다 까먹을게. 나 연기
잘하잖아."

　　조그만 뒷모습을 본다. 작은 어깨에 고독과
슬픔에 절여진 마음을 쌓아두고만 있는 걸까. 사계절
내내 쌓기만 한 건 아닐까. 정리하지 않으면 무너지거나

곪아버릴 텐데. 배추처럼 무거워진 감정들을 혼자
처리하려고 애쓰지 않았으면 했다. 김장은 혼자 할 수
없는 일이니까. 가깝게 지내던 사람들이 고무줄 바지를
입고 머리를 싸매며 단장한 뒤, 팔을 걷어붙이고 몇
시간이고 함께 해야 끝나는 일이다.

조그만이 갑자기 전화를 걸어 우는 일이 생기면
나는 일단 맘껏 울라고 말한 뒤, 스피커폰으로 돌릴
것이다. 물을 한 잔 가져오고 소파에 가서 편한 자세로
앉아, 방에 울리는 울음소리가 잦아들 때까지 끊지 않을
거다. 두 볼과 동그란 검은 눈에 담긴 글자가 후드득
쏟아지면 "빗소리 참 좋네" 하며 오래오래 감상할
작정이다.

김치 통이 바닥을 보일 때쯤. 뜨거운 계절은
돌아온다. 한겨울에 짧은 치마를 입고 추위도 모르는
듯 햇살처럼 웃던 그녀를 기억한다. 조그만 얼굴
안에 사계절이 서둘러 피었다 지는 정원을 가진 사람.
기억하는 사람의 역할은 자꾸만 다시 알려주는 것. 네
안에 봄이 있다고, 나도 네 곁에 계속 있을 거라고.

조그만이 울다가 지쳐 잠들면, 볼에 있던 고독이
조용히 녹아 그녀 대신 사라지길 기도한다. 좋은 아침은
아니더라도, 좋은 순간 하나쯤은 꼭 마주치길 바라며.

고봉밥 먹는 계절

모든 생명이 한 뼘씩 자라며 성장통을 앓는다. 매일 밤
앓으면서 사는 게 뭔지 알아가는 걸까. 악몽을 꾸듯
신음하다 보면 축축한 눈꺼풀 사이로 아침이 찾아온다.
그제야 편히 내뱉는 숨. 안도감을 누릴 새 없이 일상에서
악몽 같은 순간이 찾아오기도 한다. 알면서도 몸을
일으키는 하루하루. 우리가 버틴 계절이 새로운 계절을
불러올 거라 믿어.

　　계절마다 피는 꽃은, 견디느라 고생했다며
목에 걸어주는 꽃메달. 길을 걷다 어제는 못 본
꽃을 발견하면 오래 들여다본다. 연둣빛의 단단한

봉오리였는데 밤새 피었구나. 하루 사이 세상은
달라졌다는 걸 느끼며, 숨을 깊게 들이마신 후 주문을
걸듯 되뇐다.

불행은 머무르지 못한다. 불행은 머무르지
못한다. 불행은 머무르지 못한다. 고통은 시간에 깎인다.
고통은 시간에 깎인다. 고통은 시간에 깎인다.

어젯밤의 불안은 하루만큼 멀어졌다. 어젯밤이
오늘 밤일 때, 불행이 하루를 지배하고 마음마저 불안에
잡아 먹혔다. 밤새 신음하며 버텼더니 내 안의 어딘가도
한 뼘쯤 자라났다. 일상에 궁둥이를 붙이고 앉은 불행을
당장 쫓아내지는 못한다. 새로 자라난 곳에서 쉬어가며
힘을 비축할 뿐.
한참을 걷다 집에 도착할 때쯤이면 해가 진다.
뒤꿈치에 붙어있던 불안의 그림자는 떨어지지 않으려
발목을 붙잡는다. 일부러 더 힘차게 걷다보면 그림자는
점점 말라간다. 저항하다가 결국 노을에 타버린다.
불안이 남긴 부스러기는 허기짐에 잡아먹힌다.
긴 산책을 마치고 먹는 저녁은 고봉밥이어야
한다. 봉긋하게 솟아오른 흰쌀밥은 불안의 무덤이 될
테니까.

봄날의 알새우칩

진짜 봄이다! 하며 봄을 실감할 때, 목련은 진다. 새하얀 꽃잎이 떨어지면 짓무른 갈색을 띠며 상한다. 만개했을 때와 대비가 심하다 보니 추하다는 이야기를 듣는 모양이다. 찬바람 견디며 봉오리 맺을 때부터 응원했던 터라, 그런 말이 들리면 꽤 속상하다. 목련 하나에도 이런 마음을 쓸 정도면 거친 세상 어떻게 사냐는 핀잔을 듣겠지만, 롱패딩 하나 없이 찬바람 견디고 피어난 꽃인데. 마지막 인사가 추하다는 건 아무래도 싫다.

　　겨울 내내 꼬인 마음을 품고 산 적 있다. 잘살아 보려고 하던 일은 엉키고 잘 지내고 싶던 관계는 꼬였다.

뭉친 머리카락 풀 듯 애를 쓰다가도 이 짓을 왜 하나 싶어 화가 났다. 이 짓의 끝에 뭐가 있는지 의심하며 걷다가 봄꽃을 발견했다. 엉키고 꼬인 하루 끝에도 무언가 피어나는 걸까? 의심과 기대는 닮아있어서 일단은 살아보기로 했다. 사람의 언어나 의지로 풀리지 않는 감정을 자연은 쉽게 해결한다. 자연의 어루만짐을 사랑해 본 사람은, 피고 지는 걸 지켜보며 나무나 꽃을 향해 말을 건다. 자연은 무심히 제 할 일을 하는 것뿐이라는 걸 알면서도.

친구와 큰 목련 나무를 지나며 수북이 쌓인 꽃잎을 봤다. 친구가 땅에 알새우칩이 가득하다고 했다. 그러고 보니 떨어진 목련 잎이 알새우칩과 똑 닮아있다. 갈색이 된 꽃잎은 간장에 절인 장아찌처럼 보였다. 떨어진 꽃잎 자체를 재밌게 봐주는 친구가 있어서 좋았다. 그 친구가 내 곁에 있어서 이상하게 마음이 놓였다.

살아있는 존재는 언젠가 진다. 우리는 스스로가 만개한 건지, 봉오리인 건지 모른 채로 살다가 낙화할지도 모른다. 태어나자마자 몸은 낡기 시작한다.

다만 지켜봐 주는 사람이 있으면 좋겠다. 언젠가 몸이 다 낡고. 삶이 주는 피로감에 절인 얼굴로 떨어질 때, 고생했다며 등과 어깨를 털어주는 사람. 그런 사람이 있다면 쥐고 있던 삶을 툭 놔버리고 신나게 낙화하겠어.

허가 없이 침입하는 다정함

어떤 고통은 마음에 쳐들어와 무허가 건축물을 짓는다.
대체로 사랑했던 타인이 준 고통이 그렇다. 실연의
기억은 배신감, 허무함, 상실감을 불러 모아서 마음에
터를 잡고 공사를 진행한다. 강화 유리를 사용해서
투명한 사각 어항처럼 짓는다. 한 사람이 들어갈 만한
크기로 만들고 그곳에 나를 집어넣는다.

　　　어항에 들어가 가만히 웅크리면 나쁜 마음을
전부 피할 수 있다. 다만, 다정한 마음이나 좋은 마음
역시 들어올 수 없어서 무턱대고 낯선 타인을 덥석
사랑해 버리는 일도 없다. 사방에서 다가오는 타인의

마음을 전부 막는다. 처음엔 실연 때문에 강제로 들어간 어항이지만, 이제는 평온한 감정을 굴곡 없이 유지하려 스스로 찾아 들어간다.

어항 속에선 솔직한 사람처럼 구는 일도 어렵지 않다. 적당히 웃으며 사람들을 대하면, 슬픔을 부담스럽지 않게 가공해서 내보이면, 사람들은 쉽게 끄덕인다. 캐내려 하지 않고 그쯤에서 멈춘다. 슬픔이 뭐 재밌는 이야기도 아니고, 자세히 알려고 하는 사람은 잘 없으니까. 적당한 거리에서는 우리 사이에 유리 벽이 있다는 걸 알아채지 못한다. 어항 속에서는 내 목소리만 웅웅거린다. 가끔 혼잣말에 대답이 듣고 싶을 때도 있지만, 예상할 수 없는 타인의 말은 두렵다.

그러다 어떤 마음은 허가 없이 침입해 어항을 부순다. 어항 속에 있다는 걸 까먹고 경계를 풀어버렸다. 가만히 들여다보던 누군가가 살짝 비치는 슬픔을 눈치챘나보다. 강렬한 애정으로 어항의 모서리를 내려친다. 버스 안에 구비된 비상용 망치가 창문 깨듯 와장창. 견고한 방어막이 산산이 조각나는 순간이다. 어항을 부수는 건 의도가 없는 다정함, 사랑이 담긴 친절함, 강화유리보다 견고한 선함이다. 어항에 숨어서 똑똑한 척, 어른스러운 척, 강인한 척하며

살았는데. 그러면서 마음을 지킬 줄 아는 어른이라고
으스댔는데. 깨진 어항 사이로 삼키고 숨겼던 감정들은
주울 새도 없이 쏟아진다. 나는 무방비 상태로 사랑과
마주친다.

　　몇 마디의 사랑이 견고한 방어막을 부수는 순간을
경험한다. 언제나 사랑이 이긴다는 걸 알아버렸다.
나약한 마음은 강한 편에 서기로 한다. 어항이 사라지니,
사랑이 다가오는 걸 쉽게 눈치챘다. 사랑이 걸어오며
일으키는 바람과 향기가 느껴지면, 숨지 않는다. 뼈대만
남은 어항 앞에서 꽃다발을 들고 기다린다, 새로운
사랑을.

　　오랫동안 고통으로부터 마음을 지키는 문지기
역할을 했다. 사람을 만날 때마다 새로운 고통이
들이닥칠까 봐 문단속하느라 바빴다. 사실 문지기가
아니라, 주인을 기다리는 강아지의 마음이었나. 언제
열릴지 모르는 문을 바라보며 하루를 채우는, 외롭고
나약하고 투명한 마음이었나.

돌 맞은 마음

괴물 같은 공감 능력을 갖춘 친구가 있다. 그녀의
별명은 '휴먼 에어팟'이다. 상대방이 이야기를 시작하면
순식간에 페어링 되어 감정을 똑같이 느낀다. 그녀를
만나 요즘 마음은 어떠냐고 물었더니, 무겁다고
했다. 그녀가 오래 알고 지낸 사람이 불쑥 자신에게
사과해달라 말한 것이다. 그녀가 예전에 자신에게
상처가 되는 말을 했는데 잊히지 않고 자주 생각난다는
이야기였다. 10년도 더 된 일이고 그동안 그 사람과 잘
지내왔기에, 그녀는 매우 놀랐지만 즉시 사과했다.
　"벽돌로 물수제비를 당한 호수의 기분이랄까? 잘

해결됐지만... 여전히 마음이 무거워."

　　시간이 지나 물결은 잔잔해졌지만, 가라앉은
돌만큼 무거워진 채로 산다고 한다. 이제야 그 돌을
자신이 품게 됐지만, 이 돌은 자기가 먼저 상대방에게
던진 돌이라 했다. 상대방이 맞았을 땐 더 거칠고
무거웠을 거라 말하며 눈을 질끈 감았다.

　　휴먼 에어팟이라는 별명에 걸맞게 그녀는 그
사람이 10년간 묵힌 상처와 감정을 차근차근 느끼며
가라앉고 있다. 차라리 돌팔매질을 당하는 게 낫겠다며,
자신도 모르게 상처를 준 사람이 또 있을 거란 사실이
끔찍하다고 했다. 10년 전, 5년 전, 며칠 전의 그녀가
어떤 모습으로 변해왔는지 아는 난 오히려 다행이라
말했다. 그 사람에게 너는 '사과할 줄 아는 사람'일
것이기 때문에.

　　모두가 돌을 던지고 맞고 품고 살지만, 사과할
기회를 얻는 건 행운이다. 나 또한 누군가에게 마땅히
해야 할 사과가 있을 것이다. 나쁜 의도가 아니었다고
해도 말이다. 사과할 수 있는 시기를 완전히 놓치지
않았기를 진심으로 바란다. 누군가 내게 사과받고 싶은
일이 있다면 기회를 주길 바란다. 잘못한 주제에 기회를
달라는 말도 심하게 이기적이지만... 그럼에도 기회를
준다면, 오랫동안 무겁고 아팠을 마음을 고스란히

가져오고 싶다.

　　본인의 몫이 아닌 상처를 안고 잠드는 밤은
없어야 하니까.

주말 정오의 사랑

네가 머물던 자리. 담요를 빨래 통에 넣으려다 얼굴을
푹 묻는다. 노곤하고 따끈한 냄새가 훅 풍겨 온다.
쏟아지는 정오 햇살 아래 바싹 구워지던 얼굴을
떠올린다. 게으른 주말은 끼니를 거르게 되는데,
이상하게 배부른 기분이었어.

　　　꽤 뜨거울 텐데 찡그리지도 않고 늘어진 얼굴을
한참 구경하다 알았다. 아, 사랑은 핑크빛이 아니구나.
복숭아 향이 나지도 않고 초콜릿처럼 단맛도 아니구나.

사랑은 햇살 아래 구워진 게으른 피부색이야. 몸 구석구석을 껴안아야 맡을 수 있는 꼬순내야. 텁텁한 줄 알면서도 참을 수 없는 모닝 뽀뽀 맛이야. 허물 벗듯 남겨놓은 흔적에서 발굴한, 최초의 사랑이야.

외로움 목격자

밤마다 천장에 붙은 야광별만 노려봤다. 행복하지 않은
이유를 밝혀내느라. 이유가 뭘까? 친구들 사이에 묘하게
끼지 못해서? 그림이 늘지 않아서? 성적도 별로라서?
아니면 쌍꺼풀이 없어서? 주말에 입고 나갈 만한 옷이
없어서? 집이 화목하지 않아서?

외롭다는 게 뭔지 설명하기 어려운 나이에, 나는
이미 외로웠다. 매일 미술학원에 가면서 매일 그림
그리는 걸 싫어했다. 꾸준히 괴로워하다가 우연히
한 화가를 알게 됐다. 자신을 외롭게 만든 그림을,
죽기 직전까지 그만두지 않은 화가. 그런 화가의 삶을

궁금해하지 않을 수 없었다. 도서관 미술 서적 칸에서 그에 관한 추측을 자주 찾아봤다.

　　대부분 사람들은 그에 대해 '귀를 자른 미치광이 화가' 정도로 알고 있다. 그가 조카의 파란 눈을 떠올리며, 민트색 배경의 아몬드나무를 그렸다는 건 모른다. 조카 이름이 자신의 이름에서 따온 거라는 이야기를 듣고, 걱정하면서도 아주 행복했다는 것도 모른다. 새빨간 사과나 아름다운 도자기가 아닌, 노동의 흔적이 그대로 담긴 낡은 신발을 그렸다는 것도 모른다. 그것도 아주 진지하고 아름답게. 무슨 색인지 알 수 없는 어둡고 탁한 색으로, 노동을 마친 가족이 감자를 먹는 장면을 그는 그렸다. 어두운 색감과 달리 가족들은 은은한 빛 속에서 온화한 표정을 하고 있다.

　　빈센트 반 고흐. 그의 그림은 각자의 삶을 책임지는 사람들에게 따스한 찬사를 보낸다.

　　그의 작품을 실제로 처음 봤던 날. 전시회장은 사람들로 가득했다. 이 인기는 그가 죽고 나서 얻은 것. 그가 살면서 얻은 건 뭘까? 사람들은 그의 삶을 얘기할 때 병, 가난, 이별, 외로움 같은 단어를 사용한다.

　　가장 유명한 그림도, 여러 습작과 몰랐던 작품도 모두 좋았지만 떠올리면 지금도 가슴 뛰는 작품은,

그림에서 발견한 털 한 가닥이었다. 붓에서 빠진 털이다.

"살아있었구나."

사실 가장 보고 싶었던 건 증거였을지도 모른다. 그가 살아있었다는 사실, 그림을 사랑했다는 사실을 증명하는 증거. 그림을 통한 상상과 타인의 추측으로만 듣다가 직접 목격한 순간이었다.

고흐는 가난했다. 털이 빠지도록 오래 붓을 사용하고 캔버스를 새로 사는 게 아니라, 그림 위에 그림으로 덮었다. 사랑하며 우러러봤던 화가의 외로움이 코앞에서 살아났다. 유일한 목격자가 된 기분이라 피부가 두근거렸다. 같은 시대, 같은 공간에서 숨 쉬는 생생한 기분.

살면서 판매된 그림은 딱 한 점. 오랜 시간이 지나 결국 사랑받았지만, 사랑받은 사실조차 모르고 떠난 화가. 나는 그가 죽기 직전까지 외로워하기를 그만두지 않아서 좋았다. 물론 그는 외로움을 좋아하진 않았을 테지만. 그런데도 외로운 길을 택해줘서 고마웠다. 그 길에 사랑이 있으니까. 그가 그림에 담은 외로움의 색깔을 보고 나는 위안을 얻는다. 낮고 어둡고 낡은 곳을 그리면서도 빛을 꼭 찾아내는 따스한 사람. 이건 나의 애정이 어린 추측이다.

그의 외로움을 살펴보다 발견했다. 내가

행복하지 않았던 이유. 내가 사랑하는 것들이 나를 사랑하지 않아서.

눈길이나 마음 가는 존재마다 외면당하는 기분을 안다. 잘 지내고 싶던 친구들이 내 이름을 쑥덕일 때 가슴이 내려앉는 기분. 평온한 거실에 종일 누워서 행복해하고 있는데, 누군가의 고함이 천재지변처럼 일상을 휘두르는 기분. 좋아하는 애는 나를 좋아하지 않고, 나도 내가 좋아지지 않는 기분. 잘하고 싶은 일은 내게서 점점 정을 떼는 것 같은 기분. 그런 기분들.

그날 이후 고흐의 초상화가 담긴 엽서를 벽에 붙였다. 민트색 배경 속 고흐. 어떤 날에는 직접 만나서 묻고 싶었다. 아무도 사랑해 주지 않는 그림을 어떻게 사랑했냐고. 사랑받지 못한 삶 속에서 사랑하는 걸 그만두지 않는 힘은 어디서 얻냐고.

야광별을 붙이던 시절을 지나 27번째 생일을 맞이했다. 초를 불며 소원을 빌어야 하는데 특별히 바라는 일이 없었다. 이루어질 수 없는 소원을 비는 마음을 느끼고 싶지 않았다. 삶은 어차피 짝사랑의 연속이고 인간은 누구나 외롭다는 걸 알아버려서. 고흐는 27살에 붓을 들기 시작했다. 그 당시 고흐의 소원은 무엇이었을까? 27세의 고흐에게 말해줄 수 있다면 좋을 텐데. 화가가 된 걸 축하한다고, 당신의

그림이 누군가에게 평온을 선물했다고, 앞으로 아주
외로울 테지만 당신의 그림은 100년 후에도 사람들을
만나게 될 거라고.

고흐의 그림 '별이 빛나는 밤에'가 담긴 아름다운
마그넷을 친구에게 선물로 받았다. 그림 속 하늘은
불안과 혼란으로 요동치고 가시덤불 같은 나무는
무섭게 자라있다. 폭풍 아래 불을 밝힌 집들이 보인다.
과하게 빛을 내는 달과 별. 날뛰는 어둠과 샛노란 빛을
동시에 보는 일에 대해 생각한다. 슬픔 속에 슬픔만 있지
않아서, 구석구석 들여다봐야 한다는 사실을 이제는
안다.

우리의 외로움은 사랑이 그린 작품이라는 걸 잊지
말자. 그러니 아름다울 수밖에 없다는 사실을 기억하자.
잘 살고 싶다는 건, 용감하게 외로워하겠다는 선언.
짝사랑이어도 사랑을 그만두지 않겠다는 다짐. 밤이
유독 긴 날, 100여 년 전 지독하게 외로웠을 한 사람을
떠올리며 기록을 남긴다. 그의 생은 짧았지만 나는
오래오래 살면서 끊임없이 새로운 외로움과 마주할
생각이다. 누군가 나의 외로움 속에서 비슷한 마음을
발견하기를, 100년, 200년 후에도 수많은 목격자가
나타나기를 바라면서.

당신과 봄에 살고 싶어요

넋 놓고 보게 된다. 먹고 싶은 것도 아닌데 입이
벌어진다. 운 좋게 키 작은 벚나무를 만나면 꽃 뭉치에
볼을 부빈다. 갓 목욕한 비숑한테 들이대는 느낌이랄까.
예쁜 꽃을 발견하면 꽃말을 검색해 보곤 하는데, 벚꽃은
찾아보지 않는다. 걸음을 멈추고 꽃을 보는 사람마다
의미가 다를 것 같아서.

　　눈부신 연한 잎이 만개하면, 동네는 살고 싶은
마음으로 북적인다. 봄이라 들뜬 나의 착각이 섞였다
해도, 누구에게나 조금은 살고 싶은 봄이기를 바라며.

울면서 농담하는 사람들

"칼 좀 사러 가자."

　하늘색 셔츠를 입고 우아하게 걸어온 S의
첫마디였다. 나는 순식간에 심각해졌다. 그날이 온 건가.
S는 자신의 인스타그램에 댓글을 달 것을 강요하는
부장을 오랫동안 욕해왔다. 요즘 잠잠한가 했는데...
결국 마음을 먹은 건가. 미간에 힘을 준 채, 전포동 칼
도매 시장을 검색하려는데 S가 웃는 것도 우는 것도
아닌 표정으로 말했다.

　"식칼 하나 사려고. 집에서 오래 쓰던 식칼 끝이
부러졌어."

S는 큰 마트로 가자며 앞장섰다. 평소와 다른 분위기를 눈치챘기에 질문을 속으로 삼켰다. '가정집에서 쓰는 식칼은 쉽게 부러지지 않을 텐데. 갑각류의 배를 갈랐을까? 게딱지가 비브라늄도 아니고... 킹크랩 같은 걸 먹었나? 어머님이 식사 준비를 하시는 걸로 아는데. 얼마나 대단한 요리를 하셨길래... 아니 대체 칼끝이 부러질 만한 재료가 뭐냐고!' 슬쩍 떠볼까 생각하던 중에 마트에 도착했다.

S는 밥을 제대로 못 먹었다며 푸드 코트로 향했다. 특대 돈가스와 냉모밀 세트를 시키고는 나에게 뭘 먹을지 물었다. 철판 치즈 김치볶음밥을 고르고 자리에 앉아 S를 살짝 노려보며 "푸드 코트라니? 적어도 지드래곤은 푸드 코트에서 밥을 먹진 않을 것 같은데"라고 물었다. S는 그제야 한결 편안해진 얼굴로 웃었다.

S는 내게 오늘 전포동 지드래곤이 되어보자며, 체크카드에 돈 두둑이 채워 오라 했다. 지드래곤도 체크카드를 쓸까? 하는 의문이 들었지만, 탕진하기로 마음먹은 S의 기분을 맞춰주기 위해 "알았어. 그럼 내가 태양 할게" 하며 새침하게 맞장구쳤다. S는 대답이 마음에 쏙 든다며 호탕하게 웃었다. 지디 앤 태양이 전포에 떴으니, 카드 마그네틱이 닳을 때까지 신상을

쓸어 담기로 한 것이다. 마침 Zara 세일 기간이었다. 손가락이 아플 만큼 옷을 골라, 피팅룸에서 패션쇼를 열 줄 알았다.

"무슨 일 있어?"

단무지를 씹으며 심각하지 않은 톤으로 물었다. 대답을 강요하지 않고 염려하는 마음만 전하고 싶어서. 1년 중 11개월 20일 정도는 텐션이 높은 그였다. 제일 좋아하는 탕진 데이에 텐션이 낮다는 건 분명 보통 일은 아닐 거라 예상했다. 하지만 S의 이야기가 시작된 후, 나는 소울푸드인 철판 치즈 김치볶음밥을 한 입도 더 먹지 못했다. S는 거대한 돈가스를 잘게 분해하다, 나이프를 꼭 쥐고 시선을 떨어뜨리며 말했다.

"저번 주 일요일에 아버지랑 다툼이 있었는데... 칼을 들고 나한테 달려들었어."

아버지를 피하려고 안방에 들어가 문을 잠갔는데, 칼로 두꺼운 창문을 깨는 바람에 칼끝이 부러졌다는 이야기였다. 믿을 수 없이 아픈 이야기들이 귀에 박히자, 유리 파편을 씹어 삼키는 듯한 기분이 들었다.

S는 돈가스 소스가 묻은 나이프를 든 채로. 나는 새까만 철판만 바라보며. 온갖 음식 냄새가 섞인 곳에서, 철판이 식을 때까지 울기만 했다.

○

눈물은 증발할 때 온기를 잡아먹는다. 뜨겁게 흘렀다가
순식간에 차가워져 어깨를 떨게 한다. 유독 따스한
사람이 곁에서 울기 시작하면 꽉 안아서 온기를 가둔다.
셔츠 하나 걸친 S가 감기라도 걸릴까 봐, 돈가스
한 조각을 입에 넣어주고 서둘러 식판을 정리했다.
장미가 조잡하게 그려진 칼을 골라 계산대로 향하며
시식코너를 지난다. 시음해 보세요, 둘러보세요,
드셔보세요. 화사한 목소리가 우리의 어깨에서 시들어
간다.

　"다친 덴 없어?"

　나는 S의 하늘색 셔츠 안에 붕대라도 감겨 있을까
봐 두려웠지만, 적당히 다정한 목소리로 물었다.

　"상처 난 곳은 없어. 그냥 온몸이 쑤시네."

　그 말을 듣는 순간, 가슴이 난도질당한
기분이었다. 온몸의 근육을 쓸 만큼 치열했던 거구나.
통증을 느낄 때마다 그날의 공포가 떠오르겠구나.
말투는 건조했지만 슬픔에 절인 듯한 얼굴이 안쓰러워
눈을 질끈 감았다.

　"엄마가 부러진 칼로 두부를 썰고 있더라."

　그 일이 있고 난 후, S는 며칠 동안 친척 집에

머물렀다. 짐도 챙겨오지 못한 상태여서 어쩔 수 없이 집으로 돌아갔다.

　　"현관문 열자마자 멸치 육수 냄새가 진동하고... 발바닥도 따뜻하더라. 아무 일도 없었던 것처럼."

　　집은 깨끗하게 정돈되어 있고 거실에는 해가 깊게 들어왔다. 유리 조각 하나 없는 바닥을 보니 끔찍한 감정이 역류할 것 같아서 한참을 가만히 있었다고 한다. 포근한 러그 위, 거미줄에 걸린 날벌레처럼 굳어진 S가 생생하게 그려졌다. 구해주는 손길이 없어 홀로 허우적댔겠지.

　　"모든 게 정상적으로 굴러가는 중이었어. 나만 빼고."

　　가족들은 필사적으로 일상을 그대로 이어갔다. 강압적인 평화였지만 S는 그 일을 도마 위로 올릴 힘이 남아있지 않았다. 자신을 찌르려 했던 칼로 조각낸 두부를 퍼먹었다고, 된장국이었는지 감잣국이었는지 기억이 안 난다고 했다. 요즘 소화제를 달고 산다고 덧붙였다.

　　"그럴 수가 있어? 어떻게 그럴 수가 있어..."

　　감정을 드러내지 않으려고 했지만, 기이할 만큼 믿을 수 없는 전개에 경악하며 뱉어버렸다. S는 한쪽 입꼬리를 올리며

"그럴 수가 있더라고. 가족은 그럴 수 있나 봐"
하며 남의 가족 얘기하듯 말했다.

우리는 마트 근처에 있는 공원 벤치에 앉아
한참 동안 얘기를 나눴다. 누구도 듣지 않았으면 하는
암묵적인 시그널이 오갔기에 카페가 아닌 야외를
선택했다. 나는 주변 카페에서 산 카모마일 티를
S에게 건넸다. 심신 안정에 좋다고 주워들은 적 있다.
고작 찻잎 우린 물로 안정될 마음이 아니겠지만, S는
고맙다며 살풋 웃어주었다.

작은 호의에도 꼭 다정히 웃으며 인사하는 그를
나는 많이 사랑해서, 자주 염려해서, 외출할 때 항상 차
조심하라며 신신당부했는데. 자신을 낳은 아버지에게
치여, 교통사고 후유증을 겪는 것처럼 아파하고 있다.
나는 눈앞에서 사고를 목격한 사람처럼 말을 잃고
절망했다.

S의 평화는 그날 산산이 조각나서 집 밖으로
흩어졌다. 그래서인지 S는 자꾸만 밖으로 나돌았다.
산책을 다녀오겠다 말했지만, 돌아와서 편히 쉴 곳이
없는 외출은 방황이란 걸 안다. 신발을 질질 끄는
소리가 동네를 떠돌았을 것이다.

종일 서성이며 보금자리를 찾다가, 무엇을
잃어버렸는지 잊어버린 사람처럼 멍하니 서 있는 S를

상상한다. 같이 있었다면 초점 잃은 눈을 가려주고
그림자 한 줌도 남지 않게 꽉 껴안았을 것이다.
새어나가는 온기를 붙들고 내 체온을 전부 쏟을
거라 다짐했지만, 건넬 수 있는 건 차 한 잔과 뒤늦은
포옹뿐이었다.

○

"우리 집에서 지내."

거절할 것을 알면서도 몇 번이나 제안했다. 칼을
바꾼다고 없었던 일이 되는 건 아니지만 부러진 칼끝을
보면, 열댓 번 찔린 기분이 든다는 S를 절대 집에 보내지
말아야 한다고 판단했다. S는 거절하면서도 작게
웃었다.

나는 기어이 납치를 예고했다. 자꾸 거절하면
너에게 김치김밥을 세 줄 먹이고(S는 식곤증이 심하다.
수면제 대신 탄수화물을 먹는다) 졸기 시작하면 택시를 태워
우리 집으로 온 뒤, 신고 온 신발을 숨기고 너에게 수면
바지를 입혀서 전기장판 위에 던지겠다고 말했다.
그러자 S는 "와 그 정도면 못 나가지…" 하며 내 어깨에
머리를 기대어왔다.

방금 뚜껑을 딴 2리터 생수병처럼, S의 슬픔이 어깨를 타고 내 안에 쏟아졌다. 한참을 쏟아도 자꾸만 역류하는 기분이라 입을 다물었다. 한 방울도 외면하지 않고 삼키고 싶었다.

"네 성격상 주변에 말 안 할 거 아는데... 이 얘기를 책으로 쓰면 대박 날 것 같지 않아? 자극적이잖아."

S는 자신의 불행을 남을 웃기기 위한 소재로 쓰는 사람이다. 그의 유쾌한 면모를 사랑하지만, 이번만큼은 웃어줄 수 없었다. 동문서답도 답이라는 듯, 다양한 납치 방법을 늘어놓을 뿐이었다.

"두 번째 책에 뭘 써야 할지 모르겠다며? 제목은 「칼을 부러뜨린 아버지」 어때? 와 이걸 누가 안 읽어? 이 소재는 치트키야. 요리에 비유하면 마라로제치즈불닭 소스 같은 거지. 듣자마자 침이 고이잖아."

카모마일 꽃처럼 젖어있던 S는 사라지고 바닐라라떼 아이스에 샷 추가를 하는 모습으로 돌아왔다.

"지드래곤 씨... 당신의 상처로 입맛을 돋우고 싶지 않습니다... 거절합니다."

그러자 S는 태양 씨는 평소 헤어스타일에 비해 꽤 진중한 성격 같다며 실없는 소리를 했다. 더 이상 슬픔을 꺼내지 말자는 신호인지 고민하는데, S는 이제 집에 가자며 정류장으로 향했다.

　"근육통이 다 나으면 나도 똑같아질지도 몰라. 네가 대신 글로 기록하고 기억해 줘."

　S가 버스에 타기 직전, 내 마음에 짐을 던지고 버스에 실려 갔다. 카모마일 티백이 말라가고 몸이 얼음장이 될 때쯤 우리는 헤어졌다. 따끈한 고통을 품에 안고, 사건 현장으로 돌아가는 S를 본다. 고통의 증거인 근육통마저 사라지면 본인도 그 칼로 야채를 숭덩숭덩 자를 수도 있다고 생각했을까.

　S는 강압적인 평화에 따르고 있지만, 그건 어디까지나 힘이 부족해서일 뿐. 다치고 나약한 상태일 때 어쩔 수 없이 순종하는 일은 인간에게 굉장한 수치심을 느끼게 한다. S는 아버지와 화해할 의지도 없고 제대로 담판 지을 힘도 없다. 무기력한 상태지만 끔찍한 분노가 담긴 칼로 만들어 낸 요리를 먹고 살 수는 없다. 가족들의 진짜 속마음은 어떨지 모르지만, S의 눈에는 그저 서둘러 씹고 삼키며, 별거 아닌 일로 뭉개버린 것과 같겠지. 잘 익은 감자를 으깨듯 저항 없이, 대파의 몸통을 썰듯이 무심하게.

　집에 도착해서 외투도 벗지 않고 노트북을 켰다. S의 슬픔이 식기 전에 담아내야 했다. 퉁퉁 부은 눈에서 또 눈물이 흘렀다. S는 지금쯤 어머니께 장미가 그려진 칼을 건넸을까, 아니면 끝이 부러진 식칼을 조용히 처리했을까. S의 부은 눈을 알아채 주었으면 좋겠다. 모두가 보는 앞에서 그 일을 꺼내어, 도마 위에 올려보길 바란다. 내가 할 일은 S의 슬픔을 생생하게 보관하는 일. 상처에 소금 뿌리는 일처럼 느껴져서 괴롭지만, 정갈하게 손질해서 내보여야 한다. 함부로 뭉갤 수 없게.

천장에 있던 카모마일 티백을 꺼내 잘 보이는 곳에 두고 이불을 세탁한다. 어느 새벽, S가 우리 집 문을 두드리면 준비된 보금자리처럼 보이고 싶어서다. S의 어깨를 끌어안고 밤새 말해줄 것이다. 부은 눈을 외면하지 않고 구석구석 살피며 기억할 사람이 여기 있다고. 흩어진 평화를 전부 찾아서 안겨 주겠다고.

밤새 울도록 내버려 둘 것이다. 울음소리 사이에 호흡이 길어질 때쯤 S는 농담을 던질 것이다.

"집에 염전 차리자. 눈물이 아까워서 돈이라도 벌어야겠어."

초승달을 쥐들에게 나누고픈 밤

해와 달이 될 순 없다. 내 삶보다 더 사랑하는 사람이 있어도, 그 사람을 밤이고 낮이고 지켜볼 순 없다. 할 수만 있다면 사랑하는 사람의 수만큼 나를 복제하고 싶다. 곁에서 끼니를 챙겨주고 작은 우울도 알아차리고 싶다. 심심하거나 우울할 틈 없이, 광고 없는 라디오가 되어주고 싶다.

　사는 게 바빠서, 현재진행형인 슬픔은 잘 전하지 않게 된다. 사랑하는 사람들도, 나도. 서로 힘든 시기가 있었다는 걸 맥주 한 잔에 털어놓던 밤. 집으로 돌아와서 발톱을 깎았다. 쥐들을 불러보아 치즈와 함께

먹이고 싶었다. 그렇게 하면 쥐들이 내 모습으로 변할 수
있다길래.

그런 미신에 기대어 견디는 밤이 있다. 새
슬픔이 자라나지 않게 또각또각. 그 밤에 잘려 나간
초승달 같은 슬픔이 하늘에 떠 있다. 나 대신 사랑하는
사람의 밤을 지켜봐 주길. 사랑하는 마음은 24시간
연중무휴지만, 그 사람만의 시간, 나는 모르는 한
사람만의 슬픔, 미세한 상처를 전부 알 수가 없어. 그럴
수가 없어.

새벽이 지나도록 고민한다. 몸집보다 큰 사랑을
어떻게 지켜야 할까. 결국 선택한 것은,

사랑하는 사람의 탄생을 기뻐한다. 열심히
저축해 놓은 돈으로 1년에 한 번, 케이크에 촛불을 꽂아
준다. 내 소원을 빌 때보다 간절한 마음으로. 달처럼
밤새 곁에 있을 수 없어서, 머리맡에 둘 책을 선물한다.
라디오가 되어줄 수 없어서 불쑥 전화를 건다. 그
사람이 좋아할 만한 순간을 만나면 꼭 사진을 찍어
보낸다.

낙엽이 쌓인 길, 초콜릿 소프트아이스크림,
시멘트에 새겨진 고양이 발자국, 솜사탕 같은 민들레.

내가 일궈온 일상에서
가장 잘할 수 있는 일을 한다.

사랑을, 한다.

한없이 가볍고
점도 낮은 인내심

섹시한 슬라임이 되고 싶어

못하는 거 알면서 꾸준히 하는 사람을 좋아한다. 잘하는 것만 하고 싶어 하는 내게는 그들이 대단해 보인다. 잘하지 않아도 괜찮다, 과정이 중요하다, 즐거우면 그만이라는 말에 동의는 한다. 하지만 이 말들은 타인에게만 적용될 뿐, 나에겐 예외다. 누군가에게 어설픈 모습을 들키면 극도로 창피하다. 상대방은 관심도 없는데 말이다.

　　못해도 꾸준한 사람이, 제일 잘하는 사람보다 주인공 같다. 주연보다 빛나는 조연이랄까. 그들은 주연이든 조연이든 관심 없어 보이지만. 묵묵한 몸짓은

남다른 아우라를 발산하는데, 자신이 만든 결과물을
과시하지 않는다. 그 점이 제일 충격적이다. 나는 새로운
일을 시도하기도 전에 시작했다는 걸 공공연하게
알리며 나댄다. 겨우 두 번 정도 했으면서, 결과물에
취한 모습을 그럴듯하게 보정한 후 업로드 한다. 새로
고침을 반복하며 타인의 반응을 기다린다. 늘어나는
하트와 댓글에 만족한 후, 연습이 필요한 정체 구간에서
흥미를 잃는다.

한없이 가볍고 점도가 낮은 인내심이다. 100번을
주물러도 모양이 잡히지 않는 슬라임 같은 의지를
타고났다. 그래서 이목구비도 흐물거리는 걸까?

꾸준한 사람의 우직함 앞에서는 말을 잃는다.
그냥 재밌어서 하는 거라는 대답이 짜증 날만큼
섹시하지만 "대단해요…"라고만 말한다. 꾸준하지
못하고 그만둔 일이 오십만 가지 정도 떠올라서
창피해졌기 때문이다. 첫 문장도 '동경한다'라고 썼다가,
뭔가 지는 기분이라 '좋아한다'로 고쳤다.

사실은 나도 섹시한 슬라임이 되고 싶어.

서른 몸살

몸살 일주일째. 감기나 몸살 같은 잔잔한 병은
성가시다. 병원에 입원이라도 하면 어쩔 수 없다는 듯
일을 미룰 텐데, 잔잔한 병에 걸리면 능력치가 떨어진
몸으로 일상을 살아가야 한다. 아플 땐 체력을 분배해야
한다. 일의 우선순위를 매겨서 중요한 일부터 처리한다.
크게는 '안 하면 남이 피해 보는 일'과 '안 하면 내가
피해보는 일'로 나눈다. 남에게 피해를 줘서 욕을 먹는
일은 끔찍하다. 고민도 하지 않고 내가 피해보는 일을
뒤로 미룬다. 쌓여가는 집안일을 오늘 벗어둔 양말처럼
아무렇게나 둔다.

수제 돈가스가 된 기분. 온몸이 망치로 두들겨진 느낌이다. 뇌도 잘 펴져서 연해졌는지, 대화 중에 적절한 단어가 떠오르지 않는다. 그릇을 집다가 자꾸 놓친다. 음식을 흘려서 집안일이 늘어나면 소리라도 지르고 싶은데, 기력이 없다. 엄마가 편의점에서 일할 때 "아프면 자기 손해야"라는 말을 자주 했다. 그 말을 하는 엄마는 늘 허공을 보며 무언가를 꽉 잡고 있는 표정이었다. 편의점은 휴일이 없으니, 엄마의 휴무는 곧 생활비가 끊긴다는 의미였다. 빚은 아픈 사람을 봐주지 않으니까, 엄마가 붙잡고 있는 건 가족들의 일상이었겠지. 본인도 아픈 자신을 봐주지 않았다.

아픈 일에 당당할 수 있는 건 고등학교 때까지다. 나이를 먹을수록 일을 주는 사람들에게 "제가 몸이 안 좋아서…"라고 말하는 게 핑계처럼 느껴진다. 창피하고 죄송한 마음에 연신 사과하게 된다. 일에 대해 걱정하느라 편히 쉬지 못한다. 이렇게 될 줄 알았다면 학교 다닐 때라도 맨날 아프다고 할걸… 싶지만, 체육 시간마다 아프다고 말하며 벤치 구석에 숨었으므로 억울하지는 않다.

체육 선생님은 움직이기 싫어하는 나를 걱정했다. 공을 던지면 주워 오기라도 하라며 개인 훈련을 시키셨다. 어기적거리며 공을 줍던 아이는 선생님의 걱정을 그대로 이루었다. 체력도 근육도 정신력도 약한 어른으로 자랐다. 기업을 이끄는 것도 아니고 나 하나 먹고 사는 일조차 벅차다. 나약해서 어쩌나, 하며 염려하지만 생각을 바꿔보자. '나의 인생'이 기업이라면 난 이재용인 거잖아? 아프다는 소문이 퍼지거나 약점을 들키면, 주가가 내려갈 텐데... 투자자들한테 미안해서 어떡해? 생각이 여기까지 미치면 약을 입에 털어 넣고 자야 한다.

　　무엇이 나를 아프게 했는지 생각한다. 마감 날짜를 어기지 않고 작업물을 제출했다. 분리수거 날짜에 맞춰 쓰레기를 내놓고 음식물 쓰레기통도 씻었다. 사랑하는 사람과 싸우고 화해한 후, 방치해둔 야채를 손질했다. 오늘이 내 인생에 가장 젊은 날이라는데, 일만 하면 억울하니까 틈틈이 놀러 다니고 운동도 출근도 쉬지 않았다. 결국 몸이 셔터를 내렸다. 나를 아프게 한 건 나구나. 마음은 저만치 멀어져, 여기도 저기도 가자고 손짓하는데 몸은 찢어진 개업 풍선처럼 흐느적댄다.

　　엄마에게 전화를 걸어 말하고 싶다.

　　엄마, 내가 붙잡고 싶은 건 시간인가 봐.
　　나 아파. 그래서 엄청 손해 봤어.

전화하지 않는다. 다 나은 후에나 말할 수 있겠지. 독립 후에는 현재진행형인 아픔은 숨기게 된다. 함께 있지 않은 시간에도, 잘 있을 거라고 믿는 무심한 평화를 지키고 싶다.

시간은 잡으려고 할수록 더 빨리 흐른다고 한다. 그 사실을 뼈아프게 체험하는 중이다. 몸의 속도가 조금씩 느려지고 실제로 뼈도 자주 아프다. 아픈 날에도 맘 편히 쉬는 건 어렵다. 생산적인 일을 멈추면 마음이 조급해진다. 나 빼고 다 결승선에 도착한 것 같아서. 다 나으면 꼭 유산소 두 시간씩 해서 체력을 늘려야겠다고 다짐한다. 안 할 거 알지만 지금은 진심이다. 생산적인 다짐만큼 마음을 진정시키는 건 없다. 꼼수만 늘어버린 얍삽한 어른이 되었다.

삶은 장조림이다

서점 자기계발서 코너를 지나며 본 글귀.

'삶을 재조립해라.'

삶은 장조림해라, 로 읽고 허기짐을 알아챈다.
서점을 떠나 장조림 재료를 사서 집으로 간다.
자기계발서가 준 깨달음을 바로 실행하다니! 하며
감탄. 장조림을 조리하는 과정은 번거롭다. 통으로
잘린 고기를 삶아서 손으로 일일이 찢어야 한다. 대학생
때 살던 자취방 앞에는 큰 아이스박스가 주기적으로

놓여있었다. 엄마가 보내는 반찬 택배였다. 그 속에
장조림이 있을 땐 귀한 건 줄 몰랐는데. 직접 만들다
보니 앞으로 1년 동안은 안 만들겠구나, 싶다.

　　반찬 택배 구성은 철저히 나의 게으름에 맞춰져
있었다. 볶음밥은 한 끼 때울 만큼 주먹 모양으로
뭉쳐있었다. 데우면 바로 먹을 수 있는 카레와 국, 오래
두고 먹어도 상하지 않는 김치 볶음과 장조림까지. 혼자
밥 먹을 땐 짜파게티 물 버리는 일도 귀찮은데. 귀찮음을
매번 이겨 먹는 감정은 애정뿐이겠지? 그 애정이 본인을
향할 때 말고, 밥은 잘 챙겨 먹는지 염려하는 사람을
향할 때. 발이 아프도록 주방을 휘젓고 다닐 수 있는
건가 보다.

　　대학을 졸업하고 밥벌이를 스스로 해결할 수 있을
때까지. 사랑하는 사람의 걱정을 먹고 포동포동해진
몸으로, 삶이 던진 돌덩이를 무리 없이 튕겨냈다.

　　자기계발서가 나를 엉뚱한 기억으로 데려갔다.
번지수 잘 못 찾은 깨달음은 짭조름하다. 배가 차면서
떠오르는 추억과 애정의 기억. 내게 도착한 애정의
발자국 따라 걷다 보니, 뒤늦게 코가 좀 맵네.

유자청을 안고 사는 일

마트에서 유자청을 팔기 시작하면 겨울이 온 걸
실감한다. 유리병에 가득 담긴 노란 유자는 설탕에
절여져 상하지 않고 색도 변하지 않는다. 살아있는
존재는 나이를 더하며 조금씩 늙어 가는데, 유자청처럼
더 이상 늙지 않는 사람을 떠올리면 마음이 묵직하다.
보고픈 마음은 매일 신기록을 경신한다.

　　　그리움이 해소되지 않고 역류하는 날이 있다.
그런 날엔 마음속으로 종일 말을 건다. 떠난 이가
듣고 있는 것 같아서. 그러다 보면 더 보고 싶어지는
역효과가 나타나는데, 목소리가 입혀진 영상을 수십 번

재생한다. 육체만 사라진 거야, 분명 어딘가에 존재할 거야 하며 스스로를 다그친다. 결국 그리움은 마음을 다 잡아먹고 토해내듯 이름을 부른다. 소리 내어 부를 땐 대답이 들리지 않는다. 부르는 이가 곁에 없다는 걸 실감하며 맘 놓고 울어본다. 떠난 이가 보고 있을까 봐 크게 슬퍼하지도 못했으니까.

목이 상할 만큼 크게 울고 나면 따뜻한 유자차를 마시고 싶어진다. 한 모금에 담긴 따스함과 따끔함. 혼자 살아낸 시간이 함께 보낸 시간을 앞질렀지만, 여전히 나는 추억을 한 숟가락 크게 떠서 몇 번이고 우려먹는다.

겨울을 지나며 병에 담긴 유자청은 점점 비워지고. 남은 공간에는 내 시간이 담긴다. 함께 보고 싶었던 풍경과 해주고 싶은 이야기를 눌러 담게 된다. 떠난 이의 생만큼 세상에 빈틈이 생겼을 텐데. 어찌 된 일인지 혼자 맞이하는 계절 풍경이, 함께했던 추억으로 가득 차 빈틈이 없다.

생일과 기일. 일상을 살다가 1년에 두 번, 마음껏 보고 싶어 하는 날. 참지 않고 이름을 불러보는 날. 하루는 더 크게 울게 되지만, 그냥 생일이 두 번인 거라 생각해야지. 떠난 이가 다시 태어날 준비를 하는 중이라 믿으니까.

　　떠난 이를 품고 살아가는 일은, 다시 만나는 날 선물할 유자청을 담는 일.

　　내게 남은 생이 끝나고 우리가 다시 만나면, 교통사고 같은 이별은 다시 겪지 않아도 된다. 다시 만나는 곳이 하늘이든, 천국이든, 땅속이든 상관없다. 유자청이 바닥을 보일 때까지 살면서 담아온 재밌는 이야기들을 나눌 것이다. 시간도 계절도 상관하지 않고, 함께 마시고 울고 웃는 그날을 기다린다. 혼자 이어가는 계절과 사랑을 끊임없이 우려내며 살아간다.

봄의 엔딩 크레딧

매년 봄 딱 하루, 벚나무 아래에서 기타 연주를 하는
어르신이 계신다. 벚꽃이 만개했을 때만 만날 수 있다.
까만 선글라스와 베이지색 중절모, 색이 섞인 체크 셔츠.
벤치에 앉아 여유롭게 연주를 이어가신다. 관객이 있든
없든 상관하지 않고 꽃비 속에서 손가락만 춤추는 모습.
낭만적인 움직임을 매년 즐긴다.

　　나는 복슬복슬한 벚꽃잎이 노을에 구워질 때쯤
퇴근한다. 그 길로 출퇴근한 지 4년째니까 어르신의
공연 관람 횟수도 총 네 번이다. 세 번째로 봤던 봄날,
멀리서 연주 소리가 들리자마자 '아, 오셨구나' 하며

반가웠다. 다가가서 영상을 찍으며 이 낭만적인 연주를
매년 기다리게 될 거라고 예감했다.

　　기다림에서 가지를 뻗은 감정은, 새드 엔딩의
복선 같다. 내가 일을 그만두거나, 어르신이 더 이상
오지 않을 때. 기다림은 그리움으로, 설렘은 막연함으로
장르를 바꾼다. 새드 엔딩을 예상했다고 해도 상상과
실감은 다르다. 나는 비겁한 사람이라 어르신보다 그
거리를 먼저 떠나고 싶다. 나 없는 풍경 속에서 기타
연주가 이어지고 있을 거라 믿고 싶다. 끝을 미리
상상하는 이상한 버릇은 어떻게 고치는 걸까?

　　떨어지는 벚꽃도, 돌아오지 않는 어제도,
깎여가는 삶도 그저 당연한 엔딩인데. 엔딩 크레딧이
끝나가도 휙 떠나지 못한다. 모든 엔딩을 슬퍼하다
보니, 이제는 아름다운 장면에 묻은 슬픈 냄새를 맡기
바쁘다. 갓 잡은 아름다움 속, 싱싱한 행복에 취하면
좋을 텐데. 새순 가득한 봄날의 거리를 산책하는
강아지처럼.

　　아름다운 장면에 시간이 쌓이면 영원이 된다.
영원히 재생된다는 게 아니라, 그 장면에 속해있던
사람이 죽을 때까지 되감기를 누른다.

　　어떤 순간은 평생 되감기를 누를 장면이라는
걸 알아차리기도 한다. 그런 순간은 대부분 힘껏

아름다웠다가 순식간에 진다. 아름다움이 절정을
맞이하고 지는 모습을 목격하면 눈을 감아도 잔상이
남는다. 가장 화려할 때 사라지는 불꽃놀이처럼.

도서관에서 보내는 하루

○ 오후 1시 40분: 문학 자료실

벽면을 빈틈없이 채운 책. 뽀송한 채로 자리를 지킨다. 도시에서 조용한 공간을 찾는 게 점점 어려워지는데, 도서관에선 누구나 말소리와 발소리를 줄이게 된다. 삶이 가진 모든 카테고리마다 꽉 채워진 책. 사람 사는 거 다 똑같다고 하기엔, 삶에 관한 책이 하루에도 몇백 권씩 쏟아진다.

　　　인생이 흔들린다고 느낄 땐 도서관 책장을 한참 바라본다. 저 책의 작가들 중에 내가 가진 고민에 대해 쓴 작가가 수백 명쯤 있겠지, 내가 빠져있는 늪 같은 우울을 건너는 방법도 있겠지, 생각한다. 길을 잃고 헤매다가 다른 사람의 발자국을 발견한 기분. 도서관에서 하는 생각은, 끊어진 평온을 다시 이어주는 사다리가 되기도 하고 허우적거리는 내게 던져진 구명조끼가 되기도 한다.

○ 오후 3시 30분: 문학 자료실 창가 자리

미쳤다. 우연히 눈 마주친 책이 뇌와 몸을 홀려버렸다. 눈이 마주친 책이란 책등을 손으로 쓸다가 멈춰진 책을 말한다.

○ 오후 4시 25분: 2층 휴게실

눈물 콧물을 닦으러 나왔다. 설명하기 어렵던 거대 슬라임 같은 감정을, 글자로 꼭 봉인한 문장을 만났다. 꼭 나 살라고 심어둔 수호천사의 쪽지 같아. 보물찾기하다가 보물보다 더 귀한 편지를 찾은 기분.

라디오에서 내 마음 같은 노래가 나올 때처럼, 이 문장을 끌어안고 뒹굴고 싶다.

○ 오후 5시 20분: 학습실

훌쩍거리며 노트북 전용 자리로 옮긴다. 책에 기대어 한참을 울다 보니, 하고 싶은 말이 쏟아져서.

도서관에서 마음에 드는 책을 찾고 읽는 일은, 닮고 싶은 선배와 카페나 술집에서 대화를 나누는 일 같다. 어떤 선배인지 말해보자면 고민과 원인 모를 슬픔을 늘어놓는 동안, 하품 한번 하지 않고 몇 시간이고 들어주는 인내심 많은 선배. "나도 잘 모르지만…"이라는 겸손한 한마디를 시작으로 머리가 땅할 만큼 명쾌한 해답을 주는 선배. 뇌에 도라에몽 주머니가 있는 건지, 모든 일에 해답이 있는 선배. 처음 겪는 일로 허둥거리는 나를 "괜찮아, 큰일 아니야" 하며 진정시키고 차를 한 잔 내어주는 선배까지.

○ 오후 6시 10분: 도서관 구내식당

자주 가는 도서관 주변에는 식당도 편의점도 없다.
구내식당은 있지만 이제 운영하지 않는다. 도서관에
있다가 배가 고파지면 음식 그림이 있는 만화책만 보게
된다. 맛을 상상하다가 침을 흘린 후부터는 아예 간단한
도시락을 싸서 다닌다. 구내식당이 있던 공간에서만
음식물을 섭취할 수 있고 이용 시간은 7시까지. 6시가
조금 넘으면 사람들이 모인다. 같은 곳에서 밥을 먹지만
눈이 3초 이상 마주치지 않는 사람들. 식당에서는
얘기를 나눠도 되지만 도서관 내 분위기가 식당까지도
이어지는지, 말소리는 잘 들리지 않는다. 대신 냄새가
왁자지껄하다.

처음 구내식당에 와서 만난 사람들도 나는
선배님이라 부른다. 물론 마음속으로만. 구내식당을
이용하는 사람들은 대부분 도서관에 오래 다닌
사람이다. 그들에게서 어떤 메뉴를 구성해야 하는지,
도서관에 알맞은 식사는 어떤 건지, 편하게 먹으려면
어떤 걸 챙겨야 하는지를 배웠다.

평균적으로 일주일에 한 끼라도 도서관에서
먹는다면, 1년 동안 52번 이상의 식사를 구내식당에서
하게 된다. 컵라면 같은 건 아무래도 줄여야겠지.

52번의 식사를 어떻게 채우는지에 따라 마음과 신체의
결이 달라질 테니.

　　다른 사람의 도시락을 구경하는 걸 좋아한다.
대놓고 구경할 수는 없으니, 도시락이 전자레인지에
들어갈 때 자연스럽게 구경한다. 대부분 편의점
도시락이나 컵라면 정도다. 대충 때우는 식사들 사이로
눈이 가는 식사가 있다. 통을 몇 개나 써야 하는 국과
반찬에 후식까지 싸 오는 사람들이 있다. 뭐랄까,
성실하게 귀엽다. 싸준 사람이 있는지, 본인이 싸 온
건지 모르겠지만. 어느 쪽이든 부지런함과 애정이
담겨있을 거다. 컵라면을 먹는 사람들 가운데서
위풍당당한 느낌!

　　인상적인 식사 장면을 떠올려 보자면, 일단
정성이 돋보이는 도시락은 눈길이 간다. 텀블러에
담아온 설렁탕에 밥을 말아서 각종 밑반찬을 곁들여
먹고 후식으로 쑥떡까지 신나게 뜯어 먹는 장면을 본다.
내가 만든 도시락도 아닌데 흐뭇해.

　　또 인상적인 식사로는 각자 반찬을 따로 싸와서
나눠 먹는, 귀여운 고등학생 친구들의 두근두근
도시락이 있다(식사 전까지 메뉴는 비밀인 듯했다). 6시
20분에 개봉박두하며 즐거워하는 걸 보았다. 나에게
만약 도서관 도시락 메이트가 있다면, 식사 시간이

기대되어서 4시 30분부터는 독서나 글쓰기에 집중 못 할 텐데.

더군다나 고등학생 때 도시락을 싸서 도서관에 간다는 생각은 전혀 못 했기에, 그 친구들이 너무 예쁘고 기특하다.

○ 오후 6시 20분: 식사 끝

유튜브 쇼츠를 보며 쉬고 있는데 가스 불을 켜는 소리가 들린다. 근원을 찾기 위해 고개를 돌렸다. 어떤 선배님께서 가스버너와 냄비를 챙겨 와서 짜파게티를 끓이려 한다…! 구경하고 싶은 마음을 참기 어려웠다. 조리 과정을 흘끔흘끔 훔쳐본다. 물을 버리는 컵은 캠핑용처럼 보였고 쇠젓가락으로 조리를 시작하신다. 난 김치 사발면과 오렌지 하나 겨우 챙겼는데… 삶을 저런 태도로 살아야 하는데! 하며 감탄과 반성을 동시에 했다. 라면을 먹더라도 본인이 할 수 있는 가장 최고의 레시피로 조리하는 정성. 도서관에서 먹는 20분의 짧은 식사라도 최선을 다하는 태도. 바쁘게 식사하는 모든 이의 시선을 사로잡고 놀라게 하는 영향력까지!(일단 냄새가 압도적) 조미유를 맨 나중에 넣지 않고, 물을 끓일

때 넣은 건 실수일 수도 있는데, 왠지 독자적인 레시피로
보일 만큼 특별하게 느껴졌다.

○ 오후 6시 30분: 4층 빈자리가 없는 학습실

도서관이 없었다면 우리는 어디에서 긴 시간을
보냈을까. 나이와 성별, 학교나 직장까지. 일상의 풍경이
겹치지 않는 사람들이 여기에 섞여 있다. 같이 밥을 먹고
공부하고 책을 읽는 유일한 장소 같다. 무료로 제공되는
이곳의 따스함이 고맙다. 아무 조건도 없이, 어떤 질문도
받지 않고 종일 궁둥이를 붙이고 있을 수 있다. 높은
문턱이 없어서 긴장하지 않고 드나들 수 있는 공간.
복잡한 도시에 도서관이 있다는 사실만으로도 안도감을
느낀다.

○ 밤 10시 40분: 도서관을 나오며

수많은 선배님과의 만남을 곱씹으며 집으로 간다.
야무진 식사를 하는 선배님, 먹은 자리는 소독제를 뿌려
휴지로 닦는 선배님, 식사 후 졸음이 몰려올 땐 서서라도

책을 읽는 고등학생 선배님, 내가 아무리 서둘러도
언제나 먼저 와계신, 이미 공부가 한창인 어르신 선배님.
그리고 책에서 만난 수많은 선배님들께, 삶에서 가장
중요한 태도가 무엇인지를 배운다.

　　여기서 탄생한 글이 세상에 어떤 영향을 끼쳐야
하는지, 내 글이 어디를 밝혀야 하는지 어렴풋이
알아가고 있다. 도시락을 싸고 선배님들께 길을
물어가며, 그곳을 향하고 있다. 어디에 도착할지
모르겠지만 분명히 좋은 방향으로 가고 있다.

출근과 설사의 상관관계

출근 전날 밤. 마음이 곧 설사할 것 같다. 마음에 배설
기관이 있는 건 아니지만, 온 신경이 한곳으로 모여
불안이 고조된다. 알람이 울리면 정말 지릴지도 모른다.

사실 나는 출근이 무섭다. 입 밖으로 꺼내면
감정이 발언권을 얻고 거세질까 봐 참았던 말이다.
나의 값어치를 증명하는 일이 버겁다. 노동이 주는
육체적 피로는 비교적 견디기 쉬운 편이다. 어느 직장에
다녀도 꾸준히 버거운 일이 있다. 내 잘못이 아닌 일에
죄송하다고 하는 일, 서너 시간 동안 쉼 없이 일하다 딱
한 번 딴짓했는데 사장님이 뒤로 지나가서 종일 눈치를

살피는 일, 최저 임금을 받으며 최대 노동을 하는 일.
그중에서도 가장 견디기 힘든 일은, 자기 전에 자신의
쓸모를 검열하다 울어버리는 일이다.

　　노동자로 5년 이상 지내면 신체에 출근 센서가
달린다고 한다. 물론 과학적 근거는 없다. 잔고를
확인하며 퇴사를 위한 재정 계획을 세우다가도,
아침 알람이 울리면 민첩하게 일어나 유산균을 먹고
세수한다. 출근 시간 대중교통에는 노동자들이 데친
숙주나물처럼 뭉쳐있다. 지하철이 흔들리고 나도
흔들리고 노동자들도 힘없이 흔들린다. 나 같은 부속품
하나쯤 몰래 탈출해도 사고 안 날 것 같은데. 주변을
에워싼 동지들에게 묻고 싶다. "나만 도망가고 싶은 거
아니죠?"

　　퇴근할 때는 기쁨보다는 안도감이 크다. 돈값을
해야 한다는 책임감으로 시작한 하루이기에 기쁠
여력도 없는, 에너지가 고갈된 상태다. 퇴근길에 마주친
강아지 친구가 촉촉한 콧김을 손등에 불어준다. 한숨에
채워지는 생기가 따스해서 몸을 낮추고 고마움을
표현한다. 쓸모를 잃어도 친절함은 잃고 싶지 않다.

　　오래된 자동차가 주유소 들르듯, 삐걱거리며
편의점에 간다. 당장 먹지도 않을 간식을 산다. 일종의
보상이랄까. 시급보다는 적게 써야 하는 규칙을 지키며

적당히 나를 달랜다. 내일도 출근해야 하거든. 어쩌면
인생은 삶과 죽음이 아닌 출근과 퇴근의 반복. 죽음은
마지막 출근일까, 퇴근일까.

출근은 무섭고 퇴사는 두렵다. SNS에는 타인의
성취가 파도처럼 이어진다. '오.운.완(오늘 운동 완료)'
인증과 축하를 위한 와인잔, 돈이 휴지처럼 나오는
케이크를 보며 좋아하는 부모님, 숙소 추천과 비행기
티켓을 흔드는 게시물까지. 엄지손가락이 아플 만큼
내리다 보면, 침대는 심해가 된다. 나는 팔 근육이
없어서 허우적거리지도 못해.

해는 뜨고 알람은 울리고 또다시 흔들린다.

모래시계 안에서 사랑을 말해요

벚나무에 꽃봉오리가 맺히면 조급하다. 매년 조금씩
더 서두른다. 꽃과 사람을 보러 다니느라 바빠진다.
봄은 매년 돌아온다는 걸 몇십 번이나 경험했는데.
계절을 느끼기 위해 집을 나서는 일이 잦아진다. 김밥
한 줄이라도 공원에 있는 벚나무 아래에서 먹는다.
사랑하는 사람들을 꽃나무 아래로 부르기 바쁘다. 생애
마지막 봄도 아닌데, 분명 아닐 텐데... 확신이 없다.
어느 날 사라졌다.

　　3월은 새로운 만남으로 북적인다. 학교가 바뀌고
반이 바뀌는 20대 초반까지는 그랬다. 이후 시간이

흐를수록 만남은 줄어들고 이별은 잦아진다. 점점 더
그렇게 될 테고. 지구에 존재하는 사랑만큼이나 이별도
다양한 모습이 있다. 아직 오래 살았다고는 할 수 없는
나이여서, 어렴풋이 짐작할 수 있는 이별은 많지 않다.
벼락 맞듯 닥쳐온 이별이 많다.

조급함의 이유가 명료해진다. 당연한 게 당연하지
않아졌다. 계절은 돌아오지만 내가 그 속에 없을 수
있다. 운이 좋아서 수많은 계절을 맞이해도, 그 속에
사랑하는 사람들이 없을 수 있다. 누구에게나 남은
계절이 충분하지 않을 수도 있다는 서글픈 예감이 든다.

산다는 건 투명한 절벽을 오솔길로 착각하고
걸어가는 일. 어디가 끝인지 모르는 길에서, 우리는 같이
걷다가도 순식간에 이별할 수 있다. 모두가 알지만,
약속이라도 한 듯 모두가 모른 척 살아간다.

어릴 땐 항상 귀찮음이 이겼다. 내년에 보면
돼, 다음에 만나면 돼, 하며 침대에 늘어져 있었다.
나이를 먹으니 귀찮음이 조금씩 힘을 잃는다. 체력은
모자라지만 어떻게든 추억을 만들기 위해 애쓴다.
다음에, 내년에, 먼 훗날에. 당연히 앞에 있다고 생각한
미래에 손이 닿지 않는다.

묵혀둔 사랑과 안부를 전해야 한다. 사랑하는
사람과 당장 눈을 맞춰야 한다. 조급하거나 불안한

감정은 질색이지만, 서둘러 전해야 하는 사랑이 분명히
존재한다. 시간은 모래시계처럼 공평하게 쏟아진다.
중요한 건 우리는 모래시계를 뒤집는 존재가 아니라는
사실이다. 우리는 시계 안의 모래알이다. 누가 먼저 다른
시공간으로 떠날지 모른다.

　　서로 살을 붙이고 있을 때 전해야 한다. 숨겨둔
수많은 사랑 중, 몇 개라도 그 사람 마음에 전달해야
한다. 사랑이 마음에 닿으면 길이 생긴다. 마음이
통한다는 표현이 생긴 것도 그런 이유 아닐까? 누군가
먼저 떠나 우리의 시공간이 달라져도, 영원히 함께
드나들 수 있는 길을 만들기 위해. 마음이 닳아 없어질
때까지 사랑을 전해야 한다.

뒤통수 맞은 개미

개미처럼 산다.

먹고 살기 위해 매일 일하고 먹이를 찾는 개미. 작은 부스러기 하나 옮기는 일도 버거워서, 점심시간을 전부 쓰는 개미. 밟히지 않으려 신경을 곤두세우는 개미.

미래를 위해 재산을 저축하고 집을 쓸고 닦던 어느 날, 슬픔이 뒤통수를 내리친다. 사랑이 많은 개미일수록 느끼는 슬픔도 다양하다. 사람, 건강, 마음에서 일어난 슬픔은 하루를 다 써도 다른 곳으로 옮길 수 없다. 셋 중 하나라도 문제가 생기면 삶이 통째로 흔들린다. 슬픔과 마주하는 순간, 정신을 잃는다.

눈을 뜨자마자 후회가 덮친다. 먹고 사는 일이 뭐 그렇게 중요한가. 무슨 대단한 일 하느라 사랑하는 사람도 못 챙겼나, 몸이 보내는 건강의 적신호를 못 알아차렸나, 내 새끼 힘든 걸 몰랐나, 집 한구석이 고장 난 걸 몰랐나.

꽃이 피고 질 때까지, 사랑하는 사람과 천천히 걷지도 못하면서 어떤 미래를 기대하는 걸까. 달궈진 꼬챙이를 가슴에 푹푹 쑤시듯 아픈 질문을 퍼붓는다. 고통스러워해도 달라지는 건 없다.

내일은 꾸준히 다가오고 우리는 울다가도 밥을 먹고 일터로 나간다.

처음과 끝

열차가 온다. 언제 들어도 대형 전기밥솥이 취사를 시작하는 소리 같아. 첫차 시간에 맞춰 지하철역에 도착했더니 승강장에 사람이 한 명도 없다. 우리 동네에서 가장 먼저 출근하는 사람이 나라니! 너무 억울해서 인스타그램에 텅 빈 지하철 사진을 올리며, 나의 성실함을 인증하려 했다.

그러나 열차를 바라보는 순간 내가 1등이 아니라는 걸 알게 됐다. 첫 차에 가장 먼저 탑승하는 사람. 표정을 볼 수 없을 만큼 빠르게 지나가는 열차엔 늘 기관사님이 계신다.

어느 날엔 야근 때문에 막차 시간을 검색하다 우연히 사진 한 장을 봤다. 거리를 가늠할 수 없는 짙은 회색빛 터널 사진이었다. 지하철 기관사의 노동 환경 관련 기사 속 사진이었는데, 기관사님이 종착역까지 보게 되는 풍경은 창문 하나 없는 벽이 전부였다. 기관사로 일하는 분들은 한 번쯤 열차가 탈선하거나 정차할 역을 지나치는 악몽을 자주 꾼다고 했다. 하루 평균 1천 명 이상의 승객을 혼자 책임지는 일.

한 사람을 알게 되면 그 사람의 인생만큼 시야가 넓어진다. 지하철을 떠올리면 네모난 칸과 네모난 창문이 전부였지만, 기사를 읽고 나서부터는 열차의 머리와 꼬리, 기관사님이 보는 풍경과 소음까지 떠올리게 됐다. 낮인지 밤인지 비가 오는지 해가 쨍쨍한지 모르는 채로, 악몽이 현실이 되지 않도록 어금니에 힘을 주며 1천 명을 종착지에 내려준다.

한 기관사가 무거운 눈꺼풀을 들어 올리지 않는다면, 그 지역 출근길은 마비된다. 우리는 어느 노동자가 겨우 이겨낸 아침잠과 압박감에 기대어 편하게 이동한다. 1초도 졸지 않고 1분의 오차를 줄이기 위해 어둠 속에서 눈을 크게 뜨는 사람. 터널 속에 제일 먼저 들어가 가장 깊은 어둠을 보는 사람. 승객이 전부 하차한 뒤, 시동을 끄고 내리는 모습을 상상해 본다.

처음이 처음이기 전에 시동을 걸고
마지막이 마지막에 도착하고 나서
조명을 끄고 가장 늦게 퇴근하는 사람이 있다.
세상의 처음과 끝에는 언제나 사람이 있다.

다시, 끝과 처음

늦은 밤. 거리는 고요하고 허기가 심해져 복통으로 이어지려 할 때, 김밥나라를 발견했다. 나는 김밥 한 줄과 라면을 주문했다. 김밥 전담 직원분께서는 초등학생 3명이 들어가 목욕해도 될 만한 크기의 대야를 한 손으로 잡고, 반대편 손의 큰 주걱으로 거침없이 밥을 휘저었다. 노란 담요 같은 달걀지단을 썰어내다 주문이 들어오자 순식간에 한 줄 말아주셨다. 불필요한 몸짓 하나 없는, 고수들만 가질 수 있는 유려함이었다.

　　김밥을 워낙 빠르게 말고 썰어서 쉬운 요리처럼 보이지만, 직접 말아보면 절대 그렇지 않다. 김밥

한 줄을 만드는 건 밑반찬을 네다섯 가지를 만드는
노동력과 비등하다. 모든 재료를 미리 준비해 놓아야,
주문 즉시 만들어 낼 수 있다. 24시간 불을 밝히는
김밥나라는 일하는 사람들의 책임감과 다부진 노동력
덕분에 돌아간다.

그들의 성실함을 조각내어 하나씩 받아먹는
내가 있다. 뻐근한 승모근을 주무르며 밤거리를
걷던 날, 세상에 존재하는 유일한 가로등처럼 거리를
밝혀준 고마운 나라. 사는 일이 까맣고 긴 터널을
건너는 것처럼 막막할 때, 일정한 두께로 썰어낸
김밥을 먹으면 기운이 차려진다. 꽁다리까지 꼭꼭
씹어먹다 보면 스스로를 향한 질타는 멈춰있고 불안은
조금 잔잔해진다. 너그러움은 탄수화물과 체력에서
나온다더니. 강인한 팔뚝으로 만든 탄수화물 터널을
완주하고, 몇 걸음 더 나아갈 힘을 챙겨 집으로 향한다.

첫입과 마지막 입에, 첫차와 막차에, 하루의
시작과 끝에 사람이 있다. 생에 대한 의지로 뭉쳐진
사람들의 노동 덕분에, 우리는 새벽에도 편의를 위한 건
대부분 얻을 수 있다. 언제든 끼니를 해결할 수 있다.
해도 뜨기 전에 첫차에 시동이 걸린다. 막차가 끊겨도
밥을 휘젓는 사람이 있다.

지구가 멸망하지 않는 이상
세상에 완벽히 홀로 깨어있는 밤은
단 하루도 없다.

준비한 마음이 소진되어 마감합니다

비 오는 날의 미술 교습소
수업이 끝나고 달려 나가기 바쁜 학생들에게
우산 꼭 챙기라고 당부한다

내 몫은 챙기지 못해서 소나기를 맞는 일
사람들은 다가와서 필요한 것을 얻고 떠나는데
함께 나눈 이야기를 곱씹다 홀로 축축해진다
겉옷은 무거워지고 어깨에 앉은 공허함은
찝찝하다

우산을 씌워주고 빌려주고
하나 남은 걸 쥐여 주기도 했더니
빈손으로 빗속에 서 있다

남은 마음이 몇 개인지도 모르고 나누다가
여분이 없어 자신을 혼자 두는 날이 있다
소진되어야 멈출 수 있는 건전지 인형처럼

서른 관람 평점 ★★★★☆

0

성인이 된 후에도 의심과 안심을 반복했다.
이사, 이직 같은 큰 시도부터 새로운 밑반찬
만들기, 행정복지센터 방문하기 같은 작은
시도까지. 해낼 수 있을까? 하며 수없이 던졌던
물음표들.

1

물음표 뒤로 빠짐없이 마침표가 찍히는 걸
목격했다.

"별거 아니었네." 이제야 믿어진다.
걱정했던 일이 일어나도, 예상 못 한 일이
뒤통수를 쳐도, 별거 없을 줄 알았는데 별나게
힘든 일도, 반드시 끝난다. 스스로를 향한
의심의 뿌리를 뽑은 건 아니지만, 적당한
길이로 가지치기를 한다. 앞날에 대한 걱정과
새로 보게 될 풍경에 대한 기대가 어깨를
나란히 한다.

2

어쨌든 즐거웠다, 로 끝나는 일기가 쌓인다.
"사는 게 좋네"라는 말이 마스크 안에서
불쑥 튀어나온다. 이런 날이 오다니! 툭하면
무너지는 마음 앞에서 주저앉고 일어서길
반복했다. 그랬더니 감정에 근육이 생겼나
보다. 스쿼트 효과처럼. 이젠 마음이 무너지면
내진 설계에 대해 고민하며 천천히 보수공사를
하게 되는 30년 차 총괄 책임자가 되었다.

3

지도 앱을 켜서 전국 해수욕장을 검색한다.
동네만 벗어나도 가본 적 없는 바다 이름이
이어진다. 나이 앞자리가 바뀌었다는 걸
실감할 때마다 오래도 살았네, 했는데.
우리나라 바다라도 다 가보려면 오래
살아야겠네, 한다.

4

인생은 마라톤이라는 말을 들으면 힘이
빠졌다. 일단 난 체력이 안 좋다. 성격상
성실함과 어울리는 일은 전부 지겨워한다.
그런 나에게 꾸준히 달려야 하는 단 한 번의
경기란 최악이다. 시작하기도 전에 숨이 차고
지루한 기분. 내 인생은 몇 초간 온 힘을 다해
달린 후, 자리로 돌아가 김밥을 먹는 느긋한
운동회 같기를 바랐다.

　　30년 치 데이터를 분석해 본 결과.
슬픔과 행복이 릴레이 계주를 한다는 걸 알게
됐다. 둘 중 무엇도 영원한 선수가 될 순 없다.
때가 되면 퇴장하고 다시 나타난다. 오늘 내
하루에 먼저 도착한 감정일 뿐. 그 사실을
알고부터 어떤 감정이든 부풀어 오르면 조금씩
억누른다. 슬플 땐 또다시 행복해질 거야,
행복해서 둥둥 떠다닐 땐 곧 슬픔이 찾아올
거야, 한다.

　　현재의 감정에 푹 빠지지 않고 발만
담근다. 짜릿할 만큼 좋은 감정이 찾아와도

전부를 내던지지 않는다. 그렇다고 아예
무시하지는 못해서 발을 오래 담그고 있다.
몸도 마음도 미세하게 쪼글쪼글해지는 걸
느낀다. 목욕탕에 오래 있다 나온 피부처럼.
나도 조금씩 낡아가는 걸까.

5

대단하게 살아야지,
사는 대로 살아야지, 살아만 있어야지,
죽지 못하니 살아야지, 잘 살아야지, 하다가

서른 번째 결심.
"어쨌든 살아야지."

서른 관람 총평
★★★★☆
살아보지 않은 내일이 불행할 수도 있다는 걸 받아들이며, 불행한 날에도 좋은 순간을 5분 정도 만들어 낼 수 있다는 걸 믿을 때 서른은 시작된다.

폴더명
: 묵묵히 쓰자

묵묵히 쓰는 사람이 되고 싶어

'묵묵히 쓰자'

글을 모아두는 폴더명이다. 이 폴더 속에 글을 쌓은 지 몇 년 됐다. 여전히 폴더명에 어울리는 태도를 갖추진 못했다. '묵묵하다'라는 건 재부팅 한 노트북처럼, 실패한 기억은 잊은 듯 새로 시작하는 태도다. 그런 의미에서 나는, 글은 계속 쓰지만 전혀 묵묵하지 못하다.

솔직하게 고백해볼까. 첫 번째 책이 사랑 받아서 박수를 받았으니 떠나야 하나, 욕먹을 바엔 그만둘까 고민했다. 나약한 생각이 의지를 이겨버리는 상황은

자주 찾아왔다. 다양한 주제로 글을 썼는데, 맛이 다
비슷한 레토르트 음식 같을 때. 사람들을 감동시키고
싶은 마음에 거짓말 같은 위로를 추가할 때. 분명 글에
문제가 있는데, 해결할 능력이 안 된다는 걸 느낄 때. 다
써놓고 반응이 두려워서 숨겨버릴 때. 그렇게 공들인
글이 별로라는 피드백을 들을 때. 포기하고 싶었다.
도망치고 싶었어. 글과 엮인 삶을 살고서부터 단 한
순간도 묵묵하지 못했다.

　　폴더명을 볼 때마다 오늘도 실패라는 걸
깨닫는다. 그저께도 실패했다는 사실을 뒤늦게 안다.
볼 때마다 실패를 상기시키는 폴더명을 바꾸지 않는
이유가 있다. '잘 쓰자! 잘하자!' 같은, 기대가 들어간
다짐은 피하고 싶기 때문에. 자기 확신이 없는 사람이라
저런 말을 내뱉으면, 잘하자의 'ㅈ'도 발음하기 전에
의심이 달려오니까.

　　잘 되든, 안 되든, 힘이 있든 없든, 그저 묵묵히
쓰자. 힘을 내는 일도, 잘 쓰는 일도 의지만으로 되는
일이 아니니까. 잘 쓰는 일 중, '쓰는' 일만 한다. 할 수
있는 만큼 하는 것. 그게 정답이라는 걸 잊지 않고 싶다.
매번 실패하더라도 다시 마음을 먹는다. 묵묵히 쓰자.
빈 페이지 앞에서 도망치지 않았으니, 글이 별로여도
지는 게임은 아니다.

그래봤자 무승부야!(제발)

불타는 금요도서관

불타는 금요일. 원고 마감까지 남은 시간은 이틀.
거리는 해방감에 들떠있고 자극적인 안주 냄새로
가득하다. 연등처럼 이어지는 벌건 얼굴들을 뒤로하고
도서관에 왔다. 오는 길에 미니 약과와 보리차를 샀다.
지난한 시간을 버티고 불금의 거리를 서러운 얼굴로
걷지 않으려면, 달콤한 보상이 필요했다.

　　　현재 원고는 듬성듬성 비어있는 상태. 5일
동안 붙잡고 있던 문장들이 밍밍해 보여서 지운다.
빈약한 페이지가 부분 원형탈모가 생겼던 시절 두피와
닮아있다. 글 쓰면서 머리를 자주 쥐어뜯었더니, 글도

나를 닮아버린 걸까. 20대 초반에는 극심한 스트레스를
받으면 오백 원 동전만 한 원형 탈모가 생기곤 했다.
두피는 하얗고 숱은 많아서 작은 부위라도 눈에 띄긴
했지만, 외적인 문제에 예민하지 않아서 대수롭지 않게
여기는 편이었다.

그러다 어느 날 가게에서 조용히 물건을 고르던
중 갑자기 직원이 다가와 "손님 요기 탈모가 있네용?"
하며 물었다. 미묘한 표정을 보니 물은 건지 꼬집은
건지 알 수 없었다. 나는 아무렇지 않은 척 "예, 가끔
생겨요" 했지만, 그 질문이 내내 여름철 모기처럼
윙윙거렸다. 그때부터 가리고 다녔다. 내가 하는 말과
표정, 몸짓과 삶에 비해 사소한 빈틈이라 생각했는데.
누군가에게는 내게서 가장 먼저 발견하는 결핍일
수 있구나. 오백 원 동전보다 족히 오십 배는 큰
쟁반만큼의 수치심이 영역을 확장한다.

'제발 힘 좀 빼고... 담백하게... 멋진 척하면 다
들킨다고!'

꼭 닿아야만 하는 감정을 위해 어렵게 쓴
문장을 가지치기한다. 가지에 살을 붙이는 것보다
비워내는 게 더 어렵다. 일부러 만든 빈틈이 사람들
눈에 결핍으로 보이면 어쩌지? 남긴 문장이 마음에

닿기는커녕, 찌르기라도 하면 어쩌지. 기대만큼 뻗지
못하면 어쩌지. 기대는 언제나 실망을 돕기 마련인데.
기다려 주는 이가 있다는 행복과 기대에 부응하지 못할
거란 불행한 상상이 동시에 상영된다. 잠들지 않고도
악몽을 꾸는 기분이다. 가진 언어가 가난하게 느껴질 때,
손끝이 싸해져서 주먹을 세게 쥐었다 피고를 반복한다.
떠나려는 이의 옷자락을 쥐듯이, 자국이 남을 정도로 꼭.

　　내가 가진 언어로는 도저히 채워지지 않아서
빼곡한 책들 사이로 걷는다. 유명 작가의 책을 고르려다
발견한 파란 책. 나의 첫 번째 책이다. 이 책보다는 잘
써야 한다는 압박감은 이미 어깨에 패드처럼 이식된
수준이다. 오랜만에 펼쳐보다 발견한 문장.

　　'나의 결핍이 누군가에게는 사랑을 시작하는
계기가 된다.'

　　쌍꺼풀, 가족사진, 월세 걱정 없는 집. 지금도
없는 것들. 나의 결핍을 사랑해 주기 위해 쓴 문장이다.
독자가 되어 읽으니, 처음 듣는 노래에서 내 마음 같은
가사가 들리는 다정한 우연을 만난 느낌. 그렇지. 이
마음이었지. 글을 쓰는 이유. 답을 찾지 못하고 서성일
때, 타인의 슬픔에서 나와 같은 얼굴을 발견하는 경험.
넌 혼자가 아니야, 라는 흔한 위로의 증거를 눈앞에
들이미는 것.

스스로를 믿는 일은 자주 실패한다. 그래서 타인의 응원을 믿는다. 내 글을 기다려 주는 사람들의 응원을 수시로 읽으며 쓴다. 글이 가진 부족한 점이 빈틈인지, 여백인지, 결핍인지는 내가 정할 수 없다. 발견한 사람의 이야기와 감정으로 비로소 완성될 테니까.

부디 누군가 읽어주고 이어주고 채워주기를. 14,800원이 아깝지 않기를. 소중한 사람에게 건넬만한 책이 되기를. 작고 동그란 바람을 자주 소원하며, 어금니를 꽉 깨물고 도서관과 집을 오갔다. 뜨겁고 들뜬 거리에서 울 것 같은 얼굴은 나 하나였지만. 거리에 벌건 얼굴이 잔뜩 있었기에, 충혈된 눈은 이상하게 보이지 않았다.

요리할 만한 단어와 장면을 찾아다니느라, 많은 날이 장날을 맞이한 시장처럼 분주했다. 마지막 페이지를 덮은 당신이 검은 봉지 하나 들고 있으면 좋겠다. 그 속에 찾고 있던 답이나 공허한 마음을 채울 수 있는 문장이 한 줄이라도 있다면. 술 한 방울 먹지 않고도, 거리에서 가장 취한 사람처럼 웃을 수 있을 것 같다. 매일매일 불금처럼.

가을에 받은 답장

02:05

< 모든 메모 ⬆️ •••

2016년 9월 24일

오늘은 잘할 수 있을까? 나에게 묻지만, 돌아오는 대답은 영 자신이 없다. 그래도 해야지... 뭐 가만히 있는 거보단 낫겠지...

< 📋 내일은 내일의 해가 뜨겠⋯ Q ☰

비공개 일기

제목 없음

 연정 writer
2019. 5. 14. 02:05   ⋮

─────────────────────────────

나 잘할 수 있겠지? 행운을 빌어, 연정아!

< 30   조그만   Q ☰

2020년 10월 30일 금요일

하... 나 진짜 잘할 수 있나?
오전 09:25

망하면 어떡해......?
오전 09:26

2023년 다시 가을. 나이 앞자리가 바뀌어도 의심과 불안은 사라지지 않는다. 함께 나이를 먹어갈 뿐. 여전히 스스로를 의심하며 집을 나선다. 잘할 수 있는지, 할 수는 있는지. 의심을 모래주머니처럼 발목에 매달고 나간다. 불안을 아기 달래듯 어부바하며 매일 걷는다.

그래서 잘했냐고? 매번 잘하진 못했다. 그저 모든 일이 끝났다. 잘한 날에도 잘하지 못한 날에도, 웃거나 울지 않고 무표정을 한 채 집으로 돌아왔다. 잘하려고 애쓰던 모습이 애틋해서, 망했다는 걸 느끼면서도 도망가지 않은 게 대견해서. 편의점에서 자축과 격려를 위한 간식을 산다.

엉망진창으로 일을 마치고 버스를 타던 날. 창밖을 보며 혹시 길을 잃었나, 잘 못 살고 있나 싶어서 울기도 했지만, 결국 웃게 된다. 좋은 성과 덕분이 아니다. 태도의 문제다. 어려움을 정면으로 마주하려고 노력한 태도는 사라지지 않는다. 잠깐 기쁘고 사라지는 결과처럼 허무하지도 않다. 낯선 장소를 향했던 걸음과 서툴지만 끊임없이 움직인 태도가, 낭떠러지에서 옷깃을 잡아준다.

모든 불행과 의심은 서로 부딪치기 전에 태어나고, 부딪치는 순간 죽는다. 살다가 어려운 일을 마주치면 등산하다 멧돼지를 만난 것처럼 공포에 질린다. 자세히 보면 멧돼지가 아니라 큰 바위인 경우가 많다. 막상 해보면 별거 아닌 일이었는데. 긴장하느라 밥이 안 넘어가서 먹은 소화제만 몇 개인지! 호흡을 고르고 묵묵히 해야 할 일을 하다 보면, 정상까지는 아니더라도 약수터는 나온다. 인내하며 오르는 동안에는 불행과 의심은 사라지고 고단함만 남는다.

지나간 모든 일이 삶에 심어졌다. 잘한 일, 못한 일, 잘한 줄 알았는데 지금 보니 엉망인 일, 못한 줄 알았는데 시간이 지나 좋은 일을 데려와 준 일. 불안과 의심을 데리고 내디딘 걸음이 가야 하는 길을 엎고, 갈고, 밟았다. 덕분에 일상이 5월의 공원처럼 무성해졌다. 가끔 지나온 길을 거슬러 산책하다 보면, 좋은 방향으로 가고 있다는 사실을 믿게 된다.

2023년 9월, 가을의 입구에서.

과거에 쓴 메모에 답글을 남길 수 있다면 좋겠다. 지금 느끼는 수많은 의심과 불안이, 나를 아주 좋은 곳에 데려다주었다고. 그러니 불안해할 힘을 조금만 빼서, 스스로를 기특하게 여기는 데 써달라고.

외딴섬의 우체통

근 3년간 고백을 주기적으로 받았다. 편지로, 이메일로, 한밤중의 메시지로. 얼굴을 마주 보며 듣게 된 고백도 있다. 첫 번째 책을 출간하고 독자님들께 받은 고백이었다. 나는 책에 정신과 상담을 받았던 사실을 고백했다. 월세를 내느라 그만둘 수 없던 노동의 과정과 비싼 딸기 앞에서 주저하는 마음까지 고백했다. 가장 어둡고 불안했던 시기를 글로 잘 정리해서 세상에 내놓았다. 종이비행기를 날리는 마음이었다. 어디로 갈지 몰라도, 꼭 전해야 했던 마음. 목적을 알 수 없는 마음이 책을 쓰게 했다.

고백 전에는 결심이 있다. 고백이라는 단어에서
긴장감이 느껴지는 건 결심 때문이다. 그럼, 결심 전에는
뭐가 있을까? 고백이라는 엄청난 결심을 하게 된 계기가
있을 텐데. 나를 향한 고백의 계기는 나의 고백이라서,
내 고백은 다른 이의 고백으로 이어졌다. 사람들은
결심한 듯 나에게 다가와 조용히 고백한다.

저도 병원에 다니고 있어요. 병원에 못 가서
울기만 해요. 살고 싶지 않았어요. 잠들지 못하고
뒤척이기만 해요. 약을 먹은 지 2년 정도 됐어요. 내일이
오는 게 두려워요. 스스로가 너무 나약하게 느껴져요.

세상이 슬픔으로 가득 차 있는 건지, 슬픈 사람이
세상을 채울 만큼 많은 건지. 내일이 무서웠던 우리가
뒤척였던 밤을 이어 붙인다면, 우주의 크기를 짐작할 수
있지 않을까?
고백한 이들은 갑작스럽게 메시지를 보내서
미안하다고 사과한다. 자신의 이야기 끝에, 내가 꼭
행복했으면 좋겠다고 기도하듯 말한다. 무엇을 빌
기회가 있다면, 본인을 위해 전력을 다해도 모자랄 텐데.
슬픈 사람은 슬픈 사람을 무심히 지나칠 수 없나 봐.
고백이 담긴 편지는 지금도 쌓이고 있다.

우편배달부가 오지 않는 외딴섬의 우체통이 된 기분.
비밀이라곤 안 했지만, 함부로 떠들 수 없는 이야기를
가득 안은 채로 산다. 슬픔을 많이 수집하면 마음이
서늘할 줄 알았는데. 체온보다 조금 더 높은, 손 씻을
때 좋은 온도다. 누군가의 마음속에 품어져 있다가
도착해서겠지.

　　한동안 사람들을 유심히 보게 됐다. 지하철에서
길거리에서 카페에서. 저 사람도 아픔이 있겠지,
이 사람도 슬프고 저 사람도 슬프겠지. 그럼에도
살아가겠지, 살아보려고 어디론가 향하는 거겠지, 하며
지냈다.

　　책 속에서 사람들과 마주치게 될 줄 몰랐다. 처음
책을 만들 때는 출간이라는 단어가 거창하다고 느꼈다.
그저 내 일기장을 소리 내어 읽는 정도라고 여겼다.
메아리처럼 혼자 외치고 혼자 듣다가 머쓱해져서,
뒤통수 몇 번 긁적이면 끝날 거라고 생각했다. 메아리는
지금까지도 이어진다.

　　나의 고백은 공용 와이파이가 되었다. 끊어진
인연들은 물론이고 옷깃 한번 스치지 않은 사람들과
나를 연결했다. 고백에 고백이 이어지면서, 책은 점점
더 멀리 날아갔다. 그러더니 TV 속에 사는 줄 알았던
사람들과 심지어 쓰는 언어가 다른 사람들에게까지

닿았다. 2만 명 넘는 사람들이 내가 공황장애로 인해
스타벅스에서 마카롱 먹다 울었다는 사실을 알게
되었다.

소원을 빌 기회가 생기면, 이젠 내 바람보다
그들의 고백이 떠오른다. 생일 케이크 촛불 앞에서
눈을 감고 두 손을 모으고. 행복이 구석구석 닿았으면
좋겠다고 기도한다. 세상은 케이크 조각처럼 공평하지
않지만. 내 몫의 평온은 마음대로 나눌 수 있다고
믿는다. 조각나도 괜찮으니, 편안한 순간을 몇 분
만이라도 나눠 가지고 싶다.

우리의 고백이 조금 가벼워지길 바란다. 대단한
결심도 필요 없고, 주변 반응을 살피느라 긴장하는 일도
없으면 좋겠다. 세상이 사람들의 슬픔을 꺼리지 않으면
제일 좋겠다. 서로의 슬픔을 들어주는 일이, 누워서 하는
스트레칭처럼 부담 없는 일이 되기를. 슬픔을 치료하는
일을 지극히 평범하게 여길 수 있기를.

작가의 말

첫 번째 책을 낸 후에 알았어요. 누군가 읽어야 책이
완성된다는 사실을요. 작가가 찍은 마침표 뒤로
독자들의 이야기가 이어져야 비로소 작가라고 불릴
수 있다는 것도요. 이 책이 완성되는 장면을 기다리고
있습니다.

　　독자님을 기다리는 동안 계절이 다섯 번이나
지나갔습니다. 오래 기다렸지요? 발코니 출판사와
출간 계약을 하던 날, 달이 아주 환했어요. 낙엽을
밟으며 걷는데 설렘과 두려움이 번갈아 날뛰었습니다.
집 주변에 있는 차가운 돌계단에 앉아 한참 마음을

다독여야 했어요. 기다림이 시작된 밤이었습니다.

글이 사랑받지 못할까 봐 마음이 자주 서늘했어요. 언제나 마음 한편에 책에 대한 걱정과 염려, 설렘, 책임감, 기대감이 자리하고 있었습니다. 재료가 될 만한 글감을 찾아 많은 날을 헤매었지요. 글이 마음에 쏙 드는 날은 드물었어요. 머리를 뜯고 울며 자책한 날은 많았지요. 괴로웠던 날을 달력에 동그라미로 표시한다면... 눈송이가 펑펑 내리는 것처럼 보일 거예요. 눈이 내리지 않는 날은 거의 없었네요. 묵묵히 쌓이는 눈처럼, 하얀 새문서에 발자국 남기는 마음으로 글을 썼습니다.

제 발자국을 따라오셔도 좋고요. 눈밭에 누워서 천사 날개를 만드셔도 좋아요. 눈덩이 위에 시럽을 뿌리고 빙수라며 입맛대로 즐겨주셔도 좋아요. 어떤 방식으로든 책 속에 오래 편안히 머물러주신다면, 더 바랄 것 없는 마음이 뭔지 알게 될 것 같아요.

서른여덟 개의 이야기 중 단 하나라도, 추울 때마다 꺼내어 덮을 수 있는 담요가 되어주길 바랍니다. 책에 남기는 인사는 자주 오는 기회가 아니잖아요. 그러니 하나만 더 소원해 보자면, 우리가 글 속에서 만나 안부를 나누는 일이 평생 이어지기를 간절히 바랍니다.

책의 시작을 함께한 보름달을 떠올리며.

지나간 계절과 앞으로 다가올 계절에도

저의 소원이 된 당신께

연정 드림

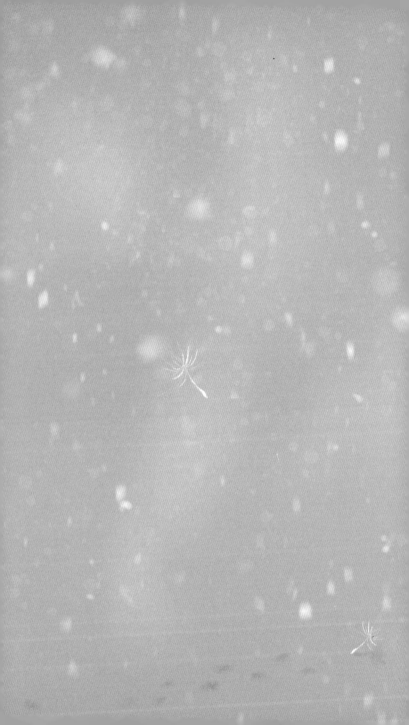

그리고 나의 엄마 조미선,
많이 고맙고 사랑해

섹시한 슬라임이 되고 싶어

초판 1쇄	2023년 10월 20일
3쇄	2024년 11월 30일
지은이	연정
표지 및 본문 그림	연정
편집·디자인	희석
펴낸곳	발코니
발행인	안희석
전자우편	heehee@balconybook.com
인스타그램	@balcony_book
제작처	DSP(www.dsphome.com)
ISBN	979-11-92159-11-9(03810)
값	14,800원